新潮文庫

1R1分34秒

町屋良平著

新潮社版

11532

1R《ラウンド》1分34秒

おなじみの寂寥《せきりょう》。窓をあける。住んでいる安アパートの二〇一号室の真ん前に立派な木が生えていて、窓を押す勢いで緑をたたえている枝葉によって、さしこむひかりがだいぶ制限されている。そのせいで日中も朝方のようなルクスしか確保できないこの部屋に、しかし奇妙な愛着をもっていた。おなじぐらいの光量でも、夕暮れではなく、朝方の感じなのは間違いない。いつか、この見事な木の名前を大家さんにきこうとばくぜんと考えて、人見知りゆえに果たせずにもう三年もたっていた。

デビュー戦を初回KOで華々しく飾ってから、三敗一分けと敗《ま》けが込んできていた。

ている。きょうこそ勝たなければ。自分ルールとして、敗けたら引退、などを主とした試合後のことを極力考えないようにしていた。いまをいまとして生きる。それしかできない自分の、弱さを弱さとしてうけ容《い》れてもう長い。

試合前に連日みる夢のなかで、ぼくはかならず対戦相手と親友になってしまう。研究肌の自分はビデオをみて対戦相手を分析し、ジム周辺の環境をGoogle Mapsで調べあげ、ブログやSNSなどをチェックし、そこでの発言と試合の動きとの関係において、数年来の友だちより相手のことを理解したつもりになってしまう。試合が決まり、相手のビデオが手に入るとすかさず観察し、試合ごとの変遷《へんせん》などを追いかけ、さいしょは夢にただしく対戦相手としてあらわれるのだが、いつの間にやら親友になってしまう。

かるくランをしてきたあとでシャワーを浴び、入念にストレッチをし、ラジオ体操をひたすらゆるやかな速度で第一第二ととおす。きもちがいくらはやっても、シャドウなどのボクシング的行為は会場に入るまでしない。ジャブひとつ打つだけで、異様に緊張してしまうことをしっているから。しかし無意識のうちに放ってしまった左拳《ひだりこぶし》の伸縮が、ジャブの体をなしてしまったと後悔した瞬間に今朝みた夢の記憶がよみがえった。

対戦相手は近藤青志という。青志くんはよくスタバにいく。減量中に節制する反動か、甘いものを好むボクサーは多い。ボクサーのたぶんにもれずrscブランドの服や帽子をよく身につけている。そのひとつ前の相手には過剰なヤンキー臭をかんじとって辟易《へきえき》していたが、それでも試合当日には親友の絆《きずな》まで結んでしまっていた、自分の無意識がこわい。今回の青志くんはナイーヴそうなSNSでのことば遣いにおいて、前回以上の友情を育《はぐく》んでしまっていた。青志くんはいった。

「あしたは、がんばろうな。おれのがんばりがお前のがんばりを引きだせて、いい試合ができたらおれはもうそれでいいんだ」

青志くんは一勝一敗。自分よりまだ前途がひらけ、「B級へ上がれる自分」

への希望に満ち満ちているはずだ。それなのにそのフェアネス。自分が拵《こしら》えた青志くん像に自分で感動し、「おう。おれが勝つけどな」とかいっていた。それで拳を合わせるなど現実にはしたこともないボクサー的さわやかな場面のあとで自分たちは公園の茂みに隠れてなぜだか、みしらぬカップルの性交をいっしょに眺めていた。これがぼくと青志くんの友情の最終形か……。ぼくのみる夢はカラーで、頻繁に自分も登場するシネマ形式が多い。

いつからなのだろう。日本チャンピオンだった漠然とした自分の夢が、日本タイトル挑戦になり、十回戦、八回戦、六回戦とじょじょにグレードダウンし、いまでは「次の試合を敗けない」ことに成り下がっている自分に、気がついたのは。それでも、視野が至近にかわっただけで、やるべきこと、持つべききもちの集中においては、かわらないのだと信じたい。

携帯をみるとトレーナーからの、

……おはよう。よく寝れたか？　きょうは練習の成果、出し切ろうな！

というメッセージが、カラフルな記号とともに寄せられていた。いまだにガラケーをつかっている自分が、携帯電話でのメッセージ交換がおおきなストレスになっていることすら、トレーナーにはつたわっていない。もうつきあいも五年になるというのに。きょうこそ無視しようと決意するのだが、すぐにソワソワきもちがおちつかなくなり、

……ハイ！　がんばります

と打ち、しばらく悩んだのちに、

……ハイ！　精一杯がんばります

に修正して送信した。すぐに絵柄だけの返信がかえってくる。できるだけなにも感じないように、考えないように、どうせ試合数時間前一時間前三十分前、とこなすルーティンは固まっているのだから、そのときのことはそのときに考えられるように、からだはもうできあがっているはずなのだ。きほんは二時に就寝し、睡眠のピークはおそらく三時から五時ぐらい。そのあとの九

時までの時間に親友の夢をみている。だからなにげない日常の意識不明、ボンヤリしているときに夢の抽象がよみがえりやすい。そうしてぼくはいつしか対戦相手のことを夢と現実の境界なく、よくもわるくも尊重してしまっていた。

きょうはリング上ではじめて青志くんにあう。現物をみるといつも、はたと我にかえる。ぼくはこいつを倒すんだ。そこには殺意がどうあっても滲《にじ》む。そうして試合ごとに親友をうしなって、孤独ばかりふりつもる。いまではデビュー戦を勝ったときのしあわせな記憶もまったくない。ただその後に何度も親友に敗れたきもちのさみしさだけが、うすあまく残る。時間だけがほんとの親友だ。二時になったから、家をでる。二時を愛す。こうして計画をきめないとぼくはまったく動けない。それは生まじめゆえでなく、夢や希望に突き動かされなくなった憐《あわ》れなボクサーの、消極にすぎないと理解している。それでもからだはうごく。かろやかに。はやくシャドウがしたくてうずうずした皮膚の感じ。これだけが真実なんだっておもいたい。

実際に拳を交えてみると、相手のジャブがおもったよりのびてき、しかも連弾が三発までつづくことに面食らった。一ラウンドからそのようなおちついた技術を発揮できるということは、スタミナと根底にある技術力が段違いに増していることの証左である。くわえて、デビュー戦も二戦目もはやいラウンドで倒し倒されだった青志くんの戦歴のせいでぼくに不充分だったのは、距離感覚のイメージトレーニングだった。ほんの数センチの差とはいえ、おそらく前二人の青志くんの対戦相手よりリーチの短い自分は、らくな距離に身をおいていると自分以上に相手のスイートスポットに入ってしまい、ちょうどジャブの力のこもる場所に目が位置してしまう。肘《ひじ》から先で視界を遮られるような効果のジャブをもらうということは、プロとしてあってはならない距離感覚で闘っている。一ラウンドはまずその対応であたまがさーっと熱くなってしまい、結果的にわるくはない作戦ではあったのだがひたすら距離を潰《つぶ》してガチャガチャ打ち合った。こんなボクシングばかりしていると、六回戦にあがったあとに未来はない。しかしいまを精一杯対処するぼくのポリシーが功を奏して、オープンブローぎみではあるが、肩ごと踏み込む右フックが時おり当たり、じっさい一ラウンドは十対九でぼくがとった。

セコンドの指示は、「とにかくガードをさげるな」ということだった。熱くなってくるとフックを打つときに逆側のガードがさがり、なおかつ足が揃《そろ》いぎみになって返しのフックをもらう危険性があるから、ダッキングとフックで距離を潰していこう。ようするに一ラウンドの感じでいけ、というわけだ。しかし相手のジャブがこわく、ジャブがこわいということはワンツーがなによりおそろしい。ジャブで射程を合わせ、うまくカウンターのストレートで相手を倒し一発KOを勝ち取った青志くんの一戦目をぼくは映像でみている。中間距離は避けろという声はよくきこえた。ぼくはバックステップが鈍いので、中間距離をきらうならくっつくしか道がない。

スタミナが心配だった。

でもやるしかない。一ラウンドが終われば二ラウンド、二ラウンドが終われば三ラウンド、三ラウンドが終われば四ラウンド、四ラウンドが終われば……

そこまで計画できるような才能と練習濃度を積みあげていない。不安があった。自分なりに一瞬一瞬を懸命に生きた。それでもそんなものは全ボクサーの当たり前の水準で、どれだけ瞬間の濃度をたかめられたかどうかに、努力と才能がかかっている。バイトの合間でもボクシングのあたまで生きているボクサーが、最終的に勝つだろうか？　試合前も当然に組まれるバイトのシフト中に、とんでもない眠気に襲われて立ちながらジャブを打とうとしたあの日の記憶が、ラウンドツーのアナウンスと同時によみがえった。けれど関係ない記憶がよぎるのは調子のよいしるしでもある。ぼくは足をばんばんグローブで殴って、最後までもってくれ、ぼくの足と、足に宿った練習の記憶、ぼくの心を支えるぜんぶのヤツ、と祈ってたちあがった。

インファイトはよまれていた。試合中にではない、最初からだ。ワンツーで中間距離の恐怖を植えつけてから、インファイトでは更にガードを固め、クリンチワークにも隙《すき》がなかった。がっちり首を抱えられ、脇腹《わきばら》から反則ぎみに腎《じん》臓《ぞう》を打っても、顔にパンチを返す隙間は与えてもらえない。さらにワンツーのツーをボディにもらって、相手の足腰と体幹の安定を思いしった。質の高い走り込みは充分だ。ただ漫然と走っているボクサーの踏み込みではない。これではスタミナも絶対に切れない。ボディストレートは見た目より利《き》く。膝《ひざ》をおおきく曲げる必要も生じ打つほうも疲れるし、ちゃんと肩を入れないとカウンターフックを食う危険もある。しかし青志くんにそういった隙はなかった。くっついたときにはレバーを狙《ねら》われ、相手方のセコンドの指示がボディにあることがわかった。スタミナの不安を見抜かれている。恐怖は精神力では克服できない。というより、精神力なんてのはない。あるのは圧倒的な技術に対する信心、不信、それに付随する肉体のストレス、そして全身の反射だけだ。相手のつよさをからだが勝手に感じとってしまったら、肉体は従順に消耗してゆく。きもちでふるいたたせられる範囲なんて、モチベーション以外なにもない。モチベーションは重要だけど……

だって、ボクシングを愛するきもち、なりあがりたいきもち、バカにされた悔しさから周囲を見返したいきもち、なんて、だれしもが持っているはずなんだし……

そんなことを考えるからだめなのだ。いや、そんなこと考えていない。試合中に考えられるわけがない。こうしてビデオを見直しているからそうおもうだけだ。ぼくはビデオをみながら心の底から冷えきったきもち。このあと頭をくっつけあい、ぼくの右の額にたいして相手が胸をくっつけ、あるいは同じように右の額をくっつけ、うまく体重を動かしながらクリンチをかける、かとおもいきやレバーを強打された。

はじめは気がつかなかった。まだシステムがからだに追いついていない。もうすこし早めに気がついていれば。だがもう遅い。一発目でタイミングを合わせられた自分はインファイトでレバーを連打され、足がとまっていた。そこで二ラウンド終了。それでもまだ互角にやっているつもりだった。

セコンドの指示はおぼえていない。ジムの会員さんが撮ってくれたビデオには、「ボディうまいなあ……」というつぶやきがはいっていた。そう。青志くんはボディ打ちが格段にうまくなっていた。技術は伸び盛りで、ビデオには映らないこわさがあった。足がふわふわしていたのはおぼえている。腹が利いていた。息がしにくくなるのは胃が利かされた証《あかし》だが肝臓はファーッと全身の力が入らなくなり、目の前がチカチカしたり、意志する前に膝からくずおれていたりする。息ができないのも恐怖の極限だが、神経群のあつまる部位を束の間《つかのま》殺される痺《しび》れにもおなじ恐怖がある。そうだ。ぼくはこわかった。いやだ、おもいだしたくない、そこでビデオのスイッチに手が伸びそうになるが、持ち前の研究心ときまじめさによって踏みとどまる。目の前がくらかった。いまも試合中もだ。まるで犯罪をおかしたような心もち。なんの法をもおかした経験はないのに、敗戦ごとのこの目前まっくら現象において、前科数犯のごときさもちでめざめる朝ばかり。

がんばれ、がんばれ、と口にだしながら泣いていた。

実際にはもうとっくに試合は終わっているのに、どこかでまだ巻き返してくれるのではないかとぼくは、ビデオのなかのぼくを応援している。がんばれ、がんばってくれ。ビデオのなかでは、まだまだやれる顔をしているぼくは、しかしこのときにはかなり弱気におかされていたはずだ。夢想していた。青志くんが足を挫《くじ》くような、脱水症状でふくらはぎが痙攣《けいれん》するような偶然性を。止《や》めろ。そんなことをおもいだすのは止めてくれ……

二ラウンドがおわれば三ラウンド。とにかくスタミナが心配だったが、ぼくはひたすら距離を詰めた。セコンドの指示はとにもかくにもダッキングウィービングだった。相手になるべく的を絞らせるなと、練習のときからいわれていた。しかし練習どおりができるのは好調のときだけだ。三ラウンドはひどい。中途半端《はんぱ》な距離にいたあげく相手のいきなりの右を何度も食らっているし、おもいだしたようにくっついてはレバーを叩《たた》かれ、レバーが利いてるときはどの腹を叩かれても利いてしまうので右も腹にいれられ、おまけに右アッパーも顔面にきた。アッパーもあるのかよ。と認識したときにはもう遅い。ぼくが愚直に右フックを振った、読まれていた、脇腹に左のフックを食い、空いた隙間に入った右アッパーが、青志くんのこの日一番のパンチだった。軸を最大限まで細くとり、きわめて鋭角な斜め縦軸を回るアッパーがまっすぐ顎《あご》をもちあげて、ぼくの後頭部がロープを打った。マウスピースがこぼれて、それを追いかけるように右膝、つぎにマットについたのが右の頰だったのだから、レフェリーはカウントフォーで動かないぼくにストップを告げた。

こう見直すと、中間距離を耐えてぼくのほうが先に腹を打つべきだったし、ぼくのほうが先にアッパーをみせるべきだったし、ジャブも捨てるパンチに関してはみわけやすかったのだから、左フックを振りながら接近し、練習していた五発までのコンビネーションをランダムに打ち込んでいれば、ぜんぜん展開はちがった筈《はず》だ。試合中の印象より力の差は感じなかったし、フックもふつうに当たっていた。ぼく贔屓《びいき》のサイドとはいえ「利いてる利いてる！」の声はあったし、しっかり詰められればKO勝ちもありえた。か細い可能性でも、それはまったき幻想ではないといいきれる。しかしボクシングの試合はこういったたられればのオンパレードであり、いままで敗けたどの試合にも倒せたポイントは数知れずあり、「おまえはパンチはあるんだからいくときはいかないと」といわれつづけていた。ビデオを消すと、深夜五時半の自室が蘇《よみがえ》った。木々に遮られたぼくの部屋ではまだ真夜中だ。真夏の南中時でさえ、世間の夜明けていどのあかるさだ。まるでぼくの人生みたい……

だとか、そういうありきたりな比喩《ひゆ》を止めろ、と趣味で映画を撮っている友だちにいわれていたことをおもいだした。たしかに。比喩をおもいついただけでこんなつらい気分になるだなんて。ぼくはしっている。つぎの相手がきまるまで、この試合の日の記憶と、いまビデオをみていた真夜中の記憶の中間で生きる。それ以外の人生はない。減量よりなにより、実際これがいちばんきつい。試合の記憶とビデオの自分の動きとの符合と差異、ありえたかもしれないKO勝ち、ありえたかもしれない判定勝ち、ありえたかもしれない引き分け、ありえたかもしれない判定敗けを、パラレルに生きる他ないのだ。それでも日々は待っている。バイトと練習の日々が、待っている。

そんななかでも、腹一杯飯が食えるよろこびがある。何回敗けても飯はうまい。とくに肉はうまい。試合がおわるとだれかしら肉をおごってくれる。肉はすごい。肉のことを考えながら寝た。すくなくとも、対戦相手と仲よくなる夢をしばらくはみずにすむ。ダメージがまだまだ残っていて、それだけがぼくの存在証明みたいでうれしい。とにかく、とんでもない筋肉痛だけは規則ただしく痛み、あんな敗けかたでは一般人よりも弱いように信じてしまう心にも、筋肉痛だけはやさしい。筋肉痛はすごい友だちだ。でもしぜん治っていくことだけが薄情。青志くんなんてあんなヤツ、ぜんぜん友だちでもなんでもなかった。すぐに六回戦にいって、さっさと才能の壁にぶつかってしまえとおもいながら寝た。ボディで道をあけて、あんな細い軸のアッパーが打てるなんて、体幹がつよすぎるうえに、高等技術だろ。ぼくのしってるお前と違う。また裏切りにあった。

十二時に起きるとメッセージがきていて、

……きょうひま？

とある。ひまにきまってんだろ、とおもいそう返すと、

……神奈川芸術劇場

ともどってきた。趣味で映画を撮っている友だちは、ぼくの唯一《ゆいいつ》の友だちだ。いちおう大学にかよっているのだが、もっぱら読書と映画鑑賞と撮影とで一日

をおえ、一ヶ月ひとと話さないこともざらだという。

映画といってもただiPhoneで映像を撮りためてiPhoneで映像を編集しているだけで、みせてもらった動画も物語性は乏しく、ぼくがしっている映画とは程遠いものだったが、本人はたのしそうなのでどこか羨《うらや》ましいとおもっている。なにより他人も自分も傷つけない。

電車に乗っている時間が長いな、とぼくは京浜東北線に揺られながらおもった。よく美術館に誘われるがままいっているぼくは、じつは展示の内容にさっぱり頓着《とんちゃく》していない。だから美術館の場所も何回いっているとこでも調べないといけないし、展示の中身もいっさいおぼえていない。

それを正直にいうと、

「それでいいだろ」

といわれた。

「ボーッとみるのがいちばんしあわせだろ」

と、そんなぼくの表情をも撮りながらいっていた。静止写真も加工してさしこむことができ、ボカシたりスライドさせたり、さまざまな効果が活《い》かせるのだという。

そういわれてから、ぼくはそもそもきちんとボーッとできるのはこの、展示をみている時間ぐらいなのかもしれない、と好意的に捉《とら》えられるようになった。

館内の三階に位置した中スタジオに入り、吹き抜けの天井をみあげながら首を捻《ひね》ると、右側にひどい痛みが走った。ああ、こんなとこも傷《いた》めてるのか、と気づくのはうれしかった。弱いボクサーなりのよろこびである。受付のひとに、「学生さんですか？」ときかれ、「ハイ！」と返事した友だちが憎らしい。たった百円の違いだったけど、ろくに大学にいっていない友だちが学生権を行使しているのにいぶかしいきもちになった。

六人の作家がおもいおもいに巨大な作品を展示しており、なかでも日本画をベースにラメや油絵具の寒色などを配している作品が、でかさの面からいってすごくおもしろかった。

「墨?」

「基本は墨だろうな」

かなりオープンな展示だったので、友だちは作品を動画でとったり、パシャパシャ写真にとったりとまめまめしく動いていた。ぼくは友だちをおいて、つややかな黒石に絵柄の描かれたものや、巨大な日本地図を逆さにして龍《りゅう》に見紛《みまが》うような装飾で天井からぶら下げられたものや、神話に基づいたとおぼしき日本画の数々に、夥《おびただ》しい数の兎《うさぎ》が踊りくねっている絵などを眺め、ほーとおもった。青色のペンキをぶちまけられたキャンバスに、大量の絵馬が金色の糸でぶらさげられ、そのすべてに猫の絵が描かれていた。

友だちはいわゆる「オブジェっぽいもの」「モノっぽいもの」で「でかいもの」をしか好まないので、ぼくもかれにも美術史的な教養はいっさい身についていなかった。

帰り道、

「どうなの、いまの心境は？」

ときかれ、「うーん、傷ついているよ、心もからだも」と応《こた》える。ぼくは iPhone のカメラをむけられていた。

「まだ止めようとかつぎもがんばろうとかそういうきもちにもなれない。バイトも幸い休めてるし、あの店長、最近は試合が近づいても休ませてくれないしさ、金にかんしては助かってるけど、なにしろけっこうひどいダウンをした し……。ダメージ……、ダメージがぼくがおもった以上に、あるのだろう。けど、なんかしーんとしずか？　しずかな気分もあって……。麻痺《まひ》してきてんのかな？　くやしいのはもうすこしあとにくる。あぁ、そうだった。これ、前回の試合のときも話したじゃん」

「同じことでもいいよ」

「そう？　ウン……くやしさはもうちょいあとにくる。からだの傷みや、筋肉痛がなくなんのがこわいよ。あ、これはいままでいったことなかったな。そう。からだが治るのがこわいんだ。つかれは……。つかれもかな。でもなあ……もうきててもいいころだ、くやしさ、こないのかなあ……。それはそれで、どうなんだろ？」

「相手はどうだった？」

「相手……。善良だった。夢のなかよりじっさい、気弱で、スリップしたときなんか、起きあがったときにぺこって頭下げたりしてるのを、あ、いまおもいだした。あんなやさしさは仇《あだ》なすかもしれないから、止めたほうがいいかも、再開直後にいきなり右ストレート打つぐらいのおもいきりが、あってもいいのかも、あんだけ才能あるんだしさ……。ぼくがストップされてセコンドに介抱されているときも、勝利に酔いながらも心配そうにみてたの、あ、それもおもいだした。おもいだすことばっかりだ……。いや、ビデオかも。ビデオでみたのかな？　いや、ビデオじゃそこまで確認できないか……。いずれにせよ、夢にみたほど仲よくなれそうなタイプではなかったよ、意外にはきはきしゃべるし……。試合後抱き合ったとき、耳元で『フック利きました。ありがとうございました』ってはっきりきこえたし……。試合後の会話って、いつもごにょごにょしててなんとなく笑顔つくってなにいってんのかききとれないことが多いから、記憶に残ってるな」

「お前はなんていったの？」

「つよかったです。新人王狙ってください。でも、早口すぎてきこえなかったとおもう。なんかフラフラしてたし」

「……」

「……」

とうとつに、友だちはiPhoneをしまった。カメラをむけられたら、できる限りしゃべってくれ、下手でも、おもいつくままでもいいからといわれていて、ほんとにできないときは断っている。しかしだんだん慣れて、友だちのカメラをむけられているときだけぼくは、ベラベラと軽薄に、思考をことばにのせて外に出せるようになっていた。それきり無言ですこし山下公園の水辺をあるいて、桜木町に抜けてその日はバイバイした。

だいぶからだが治ったころ病院にいき、いちおう頭部CTをとってもらう。仰臥《ぎょうが》したまま視力検査のCのかたちをしたしろい巨大な機器をとおる瞬間に、テクノロジーに問われている。

「おまえは死力を尽くしたか？」

「最後の最後までいっこのボクサーを遂げたのか？」

「さいごのダウンで、おまえはほんとうに立てなかったのか？　ほんとうには立てたんじゃないか？」

「奇跡の大逆転は、ほんとうにありえない未来だったか？」

試合から五日たったいままでは、そのすべてに応えようもない。主観は役にたたないから捨てたいのに、感情はしずかな火を燃やしている。熱量の尽きそうなときにくべられる、燃料の内実はなんなのだろう？　火のついた薪《まき》の芯《しん》が時おりポワッとひかるように、ところどころに残っているだけの火の残滓《ざんし》は、まだ燃えているといえるか？

頭部は異常なし。命令のとおりにトレーナーに報告すると、「ダメージは本人の自覚よりずっと残るからしっかり休んで、すこしずつまたがんばっていこうな」と予想どおりのメッセージがきた。なんの感想もわかない。

駅からだいぶ離れた病院から帰路につく。細い用水路にじょうじょう水がながれている。道に沿ってひたすらあるく。ジムで実戦練習をやり始める前にはじめてきて、もう四回ほど訪れているこの病院は、多くのボクサーが脳の異常をおそれて集まってくる。一回五千円のCTをとって、異常なしをもらって、よし！とおもえるボクサーが当然だろうか？　当然だろう。ぼくは今回、ちいさな出血でもみつかってあらたな人生のフェーズに移行したいというきもちが、まったくないとはいいきれなかった。あきらめさせてほしい、といううきもち？　いや、そこまで明確ではない。ぼくの意志を超越したなにかに、それこそ機械に、ぼくの人生を、感情をそっくり委託したかったのか？

景色をながめていても、内省ばかりが胸にひろがる。鼻からおおきく酸素を吸いこみ、口からほそくながく吐く。なるべく考えない。なるべく考えない。

考えないようにおくる人生は、幸福か？　幸福なんてすきじゃない。青志くんはいましあわせか？　生の手応えを満喫しているか？

ぼくの感情を潰してえた幸福はしあわせか？

ぼくはまだ二十一だけど、人生のことを考えるのにすごく厭《あ》きていた。社会や政治が心の底からどうでもいい。自分より不幸なひともどうでもいいし、自分より幸福なひともどうでもいい。憐憫《れんびん》も嫉妬《しっと》も両方ない。

しかしバイトだけがある。ボクシングずきの店長は最初こそ試合前後に二週間のオフをくれたが、その大盤振る舞いも一戦ごとに十日、一週間、五日となっていまでは試合前一日、試合後二日の計三日しか休ませてもらえなくなった。パチンコ店員としてのスキルがあがっているのを考えれば、ありがたいとおもうべきなのかもしれない。頭部CTの金も惜しむことなく出せるのだから。ランプが点《つ》いたときに瞬時に反応し、「二番ヘルプいきます」とインカムにむけてつぶやいて箱を交換する。その動体視力の向上はめざましいのに、肝腎のパンチを視《み》るスキルはさっぱりあがらない。他ジムのトレーナーには、「視る技術とダッキングウィービングの技術がまだ連動していないのかも」といわれ、とくに上半身を折りながらも顎をひいたまま目だけで前を視る練習をするよう指導された。それでわずかずつ改善された気がしたけど、青志くんの連続ジャブからのワンツーは「視えてなかった」。ああそうだ。サークリングが甘かったんだ。キッチリ左に動いていればジャブの連弾も避けられた筈だけど、まっすぐ下がってジャブに視界をとられてたから右ストレートが視えなかった。基本中の基本じゃないか。ちゃんとトレーナーも「足動かせ!」って何度もいってくれていた。インファイトであたまのなかが一杯で、前後の出入りしかできてなかったじゃないか。こんなの、ボクサーの最初の一歩ですらない。前提だ。くりかえした練習に、裏切られた気がした。しかしすぐにおもいなおす。既に練習中から練習を裏切っていたのだと。惰性で回っていたサークリングに、哲学が伴っていないからそうなる。

いつのまにか住宅街に迷いこんでいた。駅はどっちだっただろう？　こんなふうに、建ち並ぶ家々のひとつひとつに生活がある。いまのぼくにはその感覚がさっぱりわからない。そもそも、どうしてぼくはボクシングをやっているのだろう？　ライセンスがとれたときはうれしかった。デビュー戦をあっさり勝てたときはうれしかった。「南米選手ばりのフック」とみじかく評されたときはうれしかった。その筈だった。しかしいまは体が……、心がなにもおもいだせない。記憶はどこに宿るだろう？　おもいだせるときには簡単におもいだせる、あの記憶の充溢《じゅういつ》が、いまではさっぱり消え去っている。わかっている。ボクシングブルーにかかっている。空はこんなにあかるいのに。自分の部屋の三十倍はあかるい世界なのに。他人の生活なんてどうでもいい。世界なんてどうでもいい。カタストロフに丸ごと呑《の》みこまれてしまいたい。

家々を眺めながら今更ながらに自分の敗戦のクリティカルポイントにおもい至る。ようするに、遅いのだ。視覚をふくめ、思考もイメージも、なにもかもが速さをうしない濁っている。リングの上のみならず、この世界からうけとる情報の伝達があまりに鈍い。よろこびがない。シューズに足をとおすたびにつきあがる、しかし当然すぎて知覚にものぼらない、それはボクシングの鮮度そのものだ。バイトを再開した二日前、頭痛が酷《ひど》すぎて煙草《たばこ》の煙を嗅《か》いだだけで二回吐いた。しかしからだの苦痛がそんなふうにあるうちはまだよい。日常を生きながら、腹一杯食えるよろこびを味わいながら、当たったかもしれなかったパンチ、避けられたかもしれなかったパンチ、耐えられたかもしれなかったダメージ、これをしておけば勝てたかもしれない練習、それをしておけば勝てたかもしれない心がけ、そのような実のない思考に陥りながら、自問自答をふくめて「おまえはあたまで考えすぎなんだよ」とあと何万回いわれるだろう？

でも空が青い。

ようやくジムにいったのは、試合後一週間たったころだった。トレーナーにものすごい笑顔で迎えられ、「どうだ、体調？」ときかれたぼくは、まあ、とあいまいに応える。誇りをうしなったボクサーは、自分の体調すらよくわからない。バイトのせいか時おり、ズキズキあたまが痛む。ロードワークもすこしずつ再開したが、ランをながすぶんにはきもちいいがちょっとでもスプリントに入るとズキッといたむ。メリハリをつけなきゃロードワークなんてほとんど意味ないのに。

「まあ、きょうは試合後久々だから、かるくシャドウでもして、終わったらラーメンいくか？」

「あ、すいません、夜は……」

「そっかそっか。まあ、またいろ話そうや。次は勝つぞ！」

という。べつに夜に予定はなかったが、試合のことについて話されてまだ受け容れられるほどきもちがととのっていなかった。べつにラーメンも好きじゃないのに、トレーナーはぼくが無類のラーメン好きだと盲信しているきらいがある。肉はすきだが、炭水化物はあたまがボーッとしてイヤなことばかりおもいだすから、いつからかあまり食べられなくなった。

ひさびさにバンテージを巻いてロープを跳んでいると、どんどんきもちがうっくつしていく自分に否応《いやおう》なく気づかされる。シャドウといっても、どれぐらい動くかもぜんぜん決めていないし、まったく目的意識をもてなかった。そんなときにしたシャドウだとへんな癖が染《し》みつきそうでいっそやるべきではない気もしたが、まったく動かないわけにもいかないし、バイクを漕《こ》ぐ気力もない。

とりあえず青志くんがもっていた技術を盗もうと試合のあしきイメージと闘い

ながら、青志くん側にたったつもりでジャブを連続で打つ練習だけする。一キロのかるいダンベルを左手だけもって、空手の右ストレートに引っ張られるかたちのジャブを打つ。そうしてときどきダンベルをおいてジャブ、持ってジャブをしばらくくり返した。あいまあいまに、「こないだは惜しかったな」とか、「つぎも応援いくからな」とか会員さんに声をかけられ、そのいちいちにすいません、あざすあざすとかえしてゆく。

途中で飛び込みの体験希望者がやってきた。女性のふたり組みで、フィットネス目的なのがありありとわかる。

新興のジムでプロ興行資格をもつならフィットネス会員も積極的に獲得しないとやっていけない。ちょうどジムが混みあっており、トレーナーに、「わるい、ちょっとストレッチからシャドウまで教えてやってくれ」といわれた。自分も会費を払っている客でありながら、プロライセンスをとって月謝が下がり、そのぶんジムのスタッフとして扱われることがたまにある。こういうときは役割が明確に与えられているのでパーソナルな話をせずにすみ、気らくに話せる。

「じゃあ、ストレッチからいっしょにやっていきましょう！」

と朗らかに。片方の女のこが好みのタイプで、ぼくはうれしい。かわいいというのはすごいことだ。他のなににも代えがたい、エネルギーがからだの内奥《ないおう》からあふれでる。

レンタルバンテージの巻きかたを教えてあげているときに、タイプのほうに「こうですか？　あれ、これ難しいですね」ときかれ、拳を差し出されたので、「ここ複雑ですよね！　ぼくは先に中指にとおして手首に二回ぐるぐる、つぎが小指、ぐるぐる、人差し指、ぐるぐるという順番で巻いてます」と教えつつ、ちょっと手に触れた。まったく警戒心がない。

「あれ、布が足りない……」

もて余してしまうほうに比べもうひとりの女のこはしっかりしていて、もしかしたらこっちの子のほうが会員になってくれるかもしれない。バンテージもしっかり巻きおえて、「すごい、ボクシングだー」と素朴な感動をつぶやいている。ほっそりとしておりいかにも運動神経がよさそうだがぼくは肉付きがよくてリズム感の乏しいような女のこのほうが好きなので、モタモタしている子に視線がどんどん集まってしまう。

「じゃあ左手を巻いてあげますんで、それを参考に右手を巻いてみてください……」

女のこの左手をにぎにぎしながらバンテージを巻いてやり、ひさびさの性欲を取り戻していた。シャドウの指導でも、そのこはかんぜんに触らせてくれた。

「やっぱりボクサーのひとって、ほそくみえるけど筋肉すごいんですね」

といわれた。ぼくは了解した。

会員手続きの説明をうけるほっそりしたマジなほうの女のこに気づかれないよう、タイプのほうのフードに電話番号を入れた。電話はすぐかかってきた。フードになにか入れたときから気づいていたという。家に泊めた。ひさびさすぎて一度目は中に入れる前に出た。女のこはやさしかった。すこし休んだあと腹筋を舐《な》められて、抱きつくとちいさくてやわらかくて、ぼくは復帰した。青志くんにボコボコに殴られた腹筋だった。男はいやだ。女のこがいい。射精後はうって変わってなにも喋《しゃべ》れなくなったぼくを、女のこは「カワイイ」といった。うれしかった。勝てないプロボクサーのぼくはカワイイといわれてうれしいような人間だ。

女の口臭で目がさめた。うすぐらいなかでもう十二時にちかいことがわかる。昨夜のようにすごくカワイイとはおもえなかったけれど、つらいくるしい夢をみなかった。性欲もシュワシュワ下腹部で弾《はじ》けていたし、ぼくはこの子がいてくれてよかったとおもうことができて、そうおもうことができることにとてもやすらいだ。こんなに情けない現状でも、まだだれかにそばにいてほしいんだ、とわかってうれしかった。べつに試合前にオナ禁とかをしているわけでもないのに、試合が終わり休養を明けたころの性欲はほんとうにすごい。ぼくはもう自分の若さすらだれかに安値で売りわたしたい気分なのに。

きょうは夜番だから、午後にジムにいって夜からバイトにはいる。ロードワークはサボってしまった。でもダッシュするとまだ頭痛がするし、べつにいい。目がさめると頭痛をおもいだす。あらゆる痛みのなかで、頭痛にだけは友情をかんじない。

ずりさがっていたタオルケットを胸まであげてぬくぬくしていたら女のこがめざめ、「おはよう」といった。

「おはよう」

昨夜はまったく喋れなかったが、いまはあたまがスッキリしていてすこし話せそうだ。ひととあっているときにはじめて気がつくあのモヤつきはなんなのだろう。ぼくがふつうに喋れるのはほんの数人ぐらいしかいない。

「ごめんね。わたし彼氏いるのよ」

という。

女のこはしかしわるびれるようではなかった。頭を撫《な》でた。いやがらなかった。キスをして、また抱きしめた。いやがらなかった。

シャワーを浴びて出てきた女のこは、うすぐらいこの部屋のひかりを集めて纏《まと》めたみたいでかわいかった。女のこはすごい。ぼくは素朴にそうおもう。昨日からおなじことばかりおもっている。ジムに在籍する女子ボクシングのチャンピオンは時にぼくをボコボコにできるぐらいつよいけど、それでも笑うとほんとにすごい、カワイイし。

「べつにいいよ。ぼく」

「なにが？」

乾かすつもりもなさそうな髪を風になびかせて、女のこはいった。

「彼氏いても」

「ほんと？　えらい」

「えらい？」

「すごくさみしくて、耐えらんないの。彼氏のことがすごくすきってわけじゃないし、仕事の休みも合わないし」

「わかれちゃえば？」

「それはむり」

という、ぼくには彼女が本音をいっていることがわかった。すくなくとも本音をいおうとしていることがわかった。プライドを守るために本音を拒もうとするひとはこわくてぼくはうまく会話できない。だからこそ不格好であっても自分の本音に迫ろうとしている人間のことはわかる。

「自分でもよくわかんない」

ぼくは飽きもせずもう一度窓辺の彼女を抱いた。まだパンツだけの姿だったぼくに、ぼくのシャツを着た彼女。いいにおいがして、ぼくはもう、果てしがないよ。

「ボクサーの汗はいいにおいだね」

「そう？　くさいよ。ジムくさかったでしょ？」

「あのグローブがいっぱいおいてあるあたりはくさかった」

「いっしょにきてた子、会員になるのかな」

「マキちゃん。なるんじゃないかな。運動マニアだから。でもすぐ飽きちゃうかも」

「きみは？」

「わたしはただの付き添い。マキちゃんかわいいのに、あんまり自分のかわいさに関心がないんだよね」

「そうなの？」

「ウン。だから趣味に自分を投影するタイプ。この部屋、すごくくらいね」

「木が、ひかりを遮ってるんだ。窓みて。葉が窓にべったりはりついてるでしょ？」

もう真昼なのに明け方よりもうすぐらい。葉と枝のシルエットが、じっさいに窓に触れているもの、影だけをおとしているもの、その両方の濃度でうつっている。

「でも、あの木がすきなんだ……」

「そうなんだね。ねえ、ボーイフレンドになってよ」

「ボーイフレンド？」

「彼氏でなく」

それは、セックスフレ……。というふうにいわないことが、いいのかもしれなかった。試合に敗《ま》けつづけるぼくは、彼女なんかぜんぜんほしくない。でも、女のこと手を繋《つな》ぎたいとかただ横に寝ていてほしいとかおもうことはある。デートはどっちでもいい。してもしなくても。

「いいよ」

「パン、ある？」

パン？　ぼくは首をふる。

「家に食べものおかないんだよ。減量のときとかあるから、習慣で」

「マーガリンは？」

ぼくは冷蔵庫をバカッと開けた。真昼のこの部屋より冷蔵庫の灯りのほうがだいぶあかい。マーガリンはあった。醤油《しょうゆ》とマーガリンとなぜか乾ききった大葉が中に入っていた。

マーガリンの蓋《ふた》を開ける。はんぶんも残っていた。容器のはしっこにこびりついた部分の黄色が発光するように濃くなっていたが、消費期限的にはギリギリセーフだった。減量中もこんな油の塊が部屋にあっただなんて、考えるだにおそろしい。おもいださなくてよかった。あやうくマーガリンを舐めるところだった。

「あったよ。マーガリン」

「よし、食パンをかいにいこう」

そうしてぼくら、手を繋いでコンビニへいった。すごくボーイフレンド／ガールフレンド的光景だ。外にでてぼくの木を紹介する。彼女は「すごくきみの部屋に寄りかかって立ってる！」といってかわいく笑った。青志くん、ぼくにはガールフレンドができたよ。もうぼくは、心中してもいい。青志くん、ぼくはもう死んでも生きてもいい情緒でいるから、すこしらくになったよ、青志くん。

店長が焼肉を奢《おご》ってくれるという。店長はスタッフに無理やりぼくのチケットを買わせたり、試合後にかならず肉を食わせてくれるのでありがたいには違いないが嫌い。チケットを買わされた同僚が最初はめずらしがったもののもはやだれも応援にきていないこともしっている。かえって気楽だった。敗けたことはひかりの速さで全員につたわっており、最初こそ「次があるだろ！」といわれていたもののいまでは腫《は》れ物。しかし、「うす、またがんばります！」などというボクサー的社交、アスレチックな空元気をだす余裕も尽きかけており、バイト先での居心地はちょうどプラマイゼロといった感じだった。試合後ひとりめの肉。デビュー戦直後は五回も肉を食えたが、奢ってくれるひとも回数もじょじょに減っていって、ジムの先輩もさすがに今回は誘ってくれなそうで、これがさいごの肉かもしれない。ガッガッ食わねば。

煙でもうもうしている視界で周囲を検《あら》ためると、名前もうろおぼえな同僚たちもなぜかきている。店長は最初こそ抑制していたが、アルコールにアクセルを踏んでぼくの試合のダメ出しをしてきた。こういうことには馴《な》れているのできき流しながして肉に集中しているが、どうやら試合を観《み》にきてはいないらしい。想像で拵《こしら》えられたぼくの弱点、「あたまで考えすぎ」「魂の欠けた」「いくとこでいけない」「走り込みの足りない」のひとつひとつが的を射ている気がするのは、ぼくが試合に敗けたせいで、それたったひとつだ。勝った要因は皆ひとつに絞りたがり、大抵は間違っている。敗けた要因は皆百個も二百個もおもいつき、すべて正しい。これが勝負ということだ。肉がうまいのでもはやどうでもよかった。酒はのまない。節制ですらなく、単純にすごい頭痛だから。

それにしても、ぼくが三ラウンドTKO敗けというだけで三百の敗因をおもいつくのに、ボクサーの周囲でスパスパ煙草を吸う想像力の落差がひどい。お前らのせいでスタミナがきれたんだ、と呪《のろ》う。呪うのはタダ。他人を呪う罪悪感すら自分でことばを紡《つむ》ぐ労力に比べるとはるかに楽で、肉を食った精力をぐいぐい呪いに変換していく。はやくパンチドランカーになってしまえれば、この呪いや疚《やま》しさからも逃れられるのだろうか。真剣に物忘れに悩んでいても、どうしてもドランカーは幸福そうにみえる。

食事をしながらひとことも発さず、相槌《あいづち》すらも省エネぎみでいたらいつの間にか先輩スタッフに叱《しか》られていた。どこで怒りのスイッチが入ったのかまったく状況がわからない。全員人生のドランカーだ。目を醒《さ》まさせたい。拳《こぶし》を握る。先輩に胸ぐらを摑《つか》まれる。拳をひらく。

拳を握る。

……そんで、殴ったの？

彼女からのメッセージに、ほんとうのことを返信しようか、迷った。

……いや、殴らんよ

……よかった

記号。ニッコリ。

いずれにせよ、もうバイトにはいかれない。しばらく次の面接ももういい。もしかしたら彼女がしばらく飯を食わせてくれるかもしれないし。そう考えると「彼氏」でも「セフレ」でもなく「ボーイフレンド」であるいまの境遇がありがたかった。

……いまからこない？

彼女はパスタ屋で働いているという。一回写真をみせてもらった。制服がかわいかった。こんど制服もってきて、といった。
……いいよー
記号。ガッテン!
……もう家着くからいつでも
……焼肉たべたんだよね? じゃあなんもいらないね
……なんもいらない。おまえだけできて
……わかった
三十分ほどして彼女はきた。
「制服は?」
「もってこないよー」
アハハと笑って、ぼくのあたまを撫で、アゴをぐいっと押して、口をあけさせ、粒ガムを放りこまれた。ブルーベリーのにおい。そういえば、全身から肉と煙のにおいがする。ぼくはガムを噛《か》んだままでシャワーをざっと浴びた。

腰がいたい。あたまがいたい。ふくらはぎが張っている。シャンプーを切らしていることをおもいだし、石鹸《せっけん》すら切らしていることもおもいだし、立ったまま髪をただの湯でながしていると、きゅうに差し込む、青志くんのボディをもらった場面。その効果的な隙間《すきま》からアッパーを食らった場面。あのときクリンチが甘かったんじゃないか？　中途半端に攻撃に繋げるより、がっちり腰をつけて身を預け、いっそのこと押し込んで強引に隙をつくってしまえば、よかったんじゃないか？　したら青志くんはからだが泳いで、そこにストレートを打ち下ろせば距離を詰められた。クリンチ際《ぎわ》であんなに動かれるとはおもわなかった。あの体幹はなんだったのか。

闘志の差か？

シャワーのした、ぐったり座り込んだ。

闘志の内実を、ぼくはしりたい。どれだけ事前の決意を固めても、「闘う意志」を「きもち」を固めても、その瞬間に活かせない。その瞬間はいつくるかわからない。ぼくの一ラウンドに、倒せる場面があったと会長はいっていた。ぼくは疑った。でもそういわれるとそういう気がしてくる。闘志、ぼくの闘志、どうして反応してくれなかった？　習慣がそうさせたに決まっている。闘志を尽くす覚悟。闘志すら、覚悟すら才能のなせる業だ。そうして勝つボクサーのシステムを、内側から外側からつくりあげる。まったく足りない。どんどん、足りない。やればやるほど足りなくなる。一戦目にあったぼくの覚悟のシステムは、いつの間にか霧散した。いつ、どこでだ？　ぼくは自分の二戦目からを追体験する。つらい。

つらい。リングへ死ににいくだけではまったく生ぬるい。青志くんを殺せたか？　ぼくが夢をみてしまうのも、そういうところに根がはっているのかも。相手を殺す可能性を夢にみて、覚醒《かくせい》の向こう側で友情を育《はぐく》んでいる？　頭痛が酷い。ＣＴの結果すら疑わしい。いまでも友情の名残がのこっている。きもちの残照はつめたい。穴がある。現実には男どうしの友情なんてファンタジーにすぎないと信じられずにいるぼくは、ただ才能に嫉妬し、才能に魅了された名残、才能と才能で繋がっていた仮想空間だけ、息がしやすい、心やすい空間だった。青志くん、ぼくを蹴落《けお》としてえたモチベーションは、いまどんなだ？ぼくの努力は、才能は、拳にちゃんと宿っていたか？

部屋で彼女が電話しているのがきこえる。

「もしもしー。えー。ひとりだよ。いまお湯わかしてんの。うーうん、カップラーメン食べようとおもって。……えー、ひどーい。太ってないって。やめて。冗談でも。アハハ。いいけど。うん。もうお湯沸いちゃうから、あとでかけなおしてもいい？くにたんの声もっと聞きたいし。うん。じゃあ、あとでね。はい。うん、あーい。またね」

ジムでストレッチをしているとトレーナーに呼ばれて、「ちょっと、しばらくおれ忙しいからさ、ウメキチについてもらおうぜ」といわれた。いわれている意味がわからず、沈黙のなかでいぶかしがっていると、「おういウメキチ」と呼んだ。しっている。ウメキチは本名ではない。ジム内の渾名《あだな》なのだけど、ぼくはこの飄然《ひょうぜん》としたおとこのほんとうの名前をしらなかった。まだ現役のはず。六回戦までやっていた。ひとあたりはよいが奇人の噂《うわさ》がある。

「はーい」

ウメキチがきた。たぶん、ぼくより四歳ぐらい歳上《としうえ》だろう。

「じゃあ、あと頼むわ」

といって、トレーナーは去った。それでぼくは悟った。トレーナーに見捨てられたのだ。しばらくはお前のミットを持たないといわれたのだ。ショックではなかった。ほんとうになにを話していいかわからない時間がもう何年間もあったから、気楽さすらかんじた。もう試合を組んでほしいのかほしくないのか、自分の本意すらもわからないこの状況で。意志の在処《ありか》すら図りかねているいま、放っておいてほしいきもちがたかまっていた。

「そういうわけだから。しくよろ」

ウメキチはいった。ポツポツことばを交わしたことはあったが、かれの試合を観にいったことはなかった。ウメキチはぼくの試合を毎回観にきてくれていた。チケットを買ってくれた。気まずい。

「おれはきみのボクシングに関心があるから観にいってたんだよ」

ぼくは黙った。え？　いま心をよまれた？　ビビった。そんなわけないだろう。

「まあ気楽にいこうや」

かれが半年前の試合で判定敗けを喫していたのはしっていた。トレーナー転向したのだろうか？　引退？　しかし、そんなデリケートなこと、とてもきけない。

「まだ、引退するとかっていうわけじゃないんだけど、しばらくバイトみたいな感じで、トレーナーとしてボクシングをみてみようかなって。競技者から離れて」

え？　また心よまれた？

「とりあえず、きみずっとストレッチしてたけど、練習前にあんま筋伸ばさんほうがいいよ。ラジオ体操をしよう」

という。ぼくがラジオ体操を好んでいること、話したっけ？　いったんジムを出て近くの公園にきた。夕方の強烈な陽が注ぐした、スマホから音源だけながしてラジオ体操第一第二をとおした。炎天下で汗が噴きだした。

「じゃあおれちょっと走ってくるから、ここでシャドウとかしてて。パンチの先に相手がいることをつねに意識して。バンテージはまだ巻かんでいいよ」

という。丁度ひとりにしてほしいタイミングだったから、ほっとした。ジムのなかのひとの目から逃れて、鏡はないけどそのぶんしっかり相手の仮想を描きながらキチッと前をむいてシャドウできてよかった。情緒は底辺でも、世界のしたはきもちいい。汗が顔を濡《ぬ》らす。髪がビショビショになり、粒が毛先に溜《たま》る。ひさびさにボクサー的時間がながれている気がして、筋肉に誇りが漲《みなぎ》った。

ウメキチがかえってき、「あったまった？　ミットする？」といった。

「あ、ハイ……」

ふたりはあるいてジムへ戻った。ウメキチの背中をじっとみる。これはふりむかない背中だとわかった。開け放されたジムのドアをくぐり、ウメキチはまっすぐにリングへ近づいた。ウメキチがミットをもっている場面をみたことはない。若干の不信をおぼえていると、「じつはミットもつの三回目とかなんだよな、ハハハ」という。

ぼくは黙った。すこし不快ですらあった。「まあでも、おれを育てるつもりでつきあってくれや。なあ、たのむぜ」という。こちらの感情を汲《く》みとるのがうまい。ウメキチはひとたらしなのだろう。しかしぼくに集中はない。試合の予定もないし、ひととおり汗がかければいいだろうと考えた。リングにあがると、すでにミット数ラウンド目に入っているらしい二勝一分けの自分より年若い選手がインターバル中だった。三分打って一分、三分打って一分のインターバルも、日によってはぶっ通しでやるよう指示があったり、休憩三十秒で再開の指示がだされたりするから、気が抜けない。

「あのな、おれがミットもつときは、三分やって一分休憩を厳守して、何ラウンドもつかちゃんと指示するから、その代わりちゃんと考えながらやってな」

とウメキチはいう。どうやら心がよまれているというより、思考のくせ、性質を研究されている。ストレスを感じた。

「なんでなんすか？」

ひさびさに、声に感情がのった気がした。加減がわからず、きもちの実際よりつよめの声がでた。

「考えて。考えるのはおまえの欠点じゃない。長所なんだ。それをおれが教えてやるよ」

ウメキチはぼく以上につよい声音でいった。

「きょうは五ラウンド。そんで、動きをチェックさせてな。おまえの動きを、おれにおしえてくれ。気楽めに」

ウメキチは硬いミットでなく綿のつまった柔らかいほうのミットをつけていた。いいパンチが入ってもボフボフいうだけで、そのミットがあまりすきでない。手首を傷《いた》めているわけでもないのに。不本意だった。そこでゴングが鳴った。ランダムにジャブを十発ほど。リズムが合わせづらく、いつもの音がでない。音が悪いと苛々《いらいら》する。

「いいよいいよ。ワンツー」

指示に反応し、ワンツーを打ち抜く。ウメキチの右のミットがおおきくうしろにズレる。

「うえー。やっぱパンチあんなあ」

という。しかし足が止まったので、なにか注意されるのだとわかった。わかってはいるのだが、熱が削《そ》がれてテンションがおちる。腰をもっと捻《ひね》れといわれるに決まっている。腰から肩へ捻りがうまく連動しない。

「てか、おまえよくプロテストうかったよな」

とウメキチはいった。え？とおもわず、ぼくはボクサーの死をおもう。ライセンスの有無は重要ではない。プロより倒せるアマチュアなんてざらなのだから。しかしいまのぼくにはライセンスしかない。ライセンスすら、まぐれだったのかもなんて、自分だってときどきおもっている。

「体幹か胸筋かなんかの筋肉か体型の関係で、おまえはあんま横回転型じゃないのかも。ただしくは、斜め回転？」

でも、フックはよく褒められるけど。

「フックは、回転が回りすぎても体幹で戻ってこれるけど、ストレートの押し戻しが悪いのは体質かも。ゆっくりやればちゃんと拳一個ぶん捻れるけど、みてる限りだと、実戦だとミットのときより射程みじかいもん。拍がストレートの拍になってない。ワンツー、じゃなくて、ワン、ツーになってしまう」

ぼくはタイマーをチラとみた。もう一分半。リング上で別のトレーナーが「はい半分！」と叫んだ。理論よりいまは汗をかきたかった。ものすごいストレス。

「てか、腰いたくない？」

いたい。しょっちゅう痛い。整骨院代もばかにならない。

「斜めの捻りがあってないかも……。プロテストってKOで受かった？」

コクリ。

「おれはそれでいいとおもう。おまえはプロだ。きれいなボクシングをめざすな。ストレス解消でここにきてるんじゃない」

「……」

「あとミットでスタミナをつけない。サンドバッグとスパーでスタミナをつける。つねに余力を残したミットで、ただし打ちつづけさせる。打ちながら避けさせる。とりあえず次ラウンドからあと四回」

そこで、ブザーが鳴った。なんなんだよ。頭皮に滲《にじ》んだだけの汗すら乾いてしまい、皮膚がカサカサにつめたい。

二ラウンド目。最初から「ワンツー」の指示。うっくつしながらワンツーを打つ。それを左に回りながら三度。

「うん、いいね。右拳をもう、伸ばしたまま残しちゃう。もっかい。ワンツー」

指示通り、拳を伸ばしたまま残す。

「肩でブロック。あたましまう。そのまま右ダッキングしながら左フック」

指示どおり打つ。左フックがいちばんきもちいい。

「最高。もっかいいまの。右から左」

右ストレートからダッキング左フック。

「OK最高。ジャブジャブ右、左フック」

ジャブから一連。

「で、距離つまった。ボディボディ、相手さがった、右ストレート」

きもちが乗ってき、しっしと声がでる。しかし右ストレートに左フックを合わされて、それが強かに頰《したた》に当たる。ミットの面だから目線が維持できたが、グローブだったら下手したらダウン、それが回避されても視線が左にながれただろう。腰がおち、真後ろに詰められただろう。

「うん。こう距離を追うと右ストレートでアゴがあがる。でもリーチもあるほうじゃないし、それで当然かも。おれはリーチあるけどな！　ハハッ」

マジにムカついた。

「なんなんすか？」

ウメキチはニコニコ。

「やっとわかった。おまえは体幹がつよいから、体重も落ちづらいしどうしても相手のほうがリーチが長くなる。それでそういうくせがついてるんだな。べつに中間距離が弱いわけじゃない。ちゃんと中間にいればミドルレンジでも勝てる」

「ストレートがヘボでもすか？」

「お、会話」

ウメキチはへんなとこに感動していた。

「会話の運動神経がいいなあ。理解も反応もはやい。聴力がいいんだな。聴力は智力《ちりょく》だぞ」

「めちゃくちゃフラストレーション溜まるっすけど」

「フラストレーションてなに？」

「イラつくってこと」

「溜めてこ。フラストレーション」

「なんなんすか」

「慣れればダンスみたいにしぜんに動けるから。たぶんだけど」

「は？　ダンス？」

「いまの場面でむりに右ストレートで追わない。追うならもう拳を残して、こう右側に相手の体を押してながせ。おまえのパワーなら四回戦程度なら相手はからだ泳ぐから。そこでパンチをまとめる。あとおまえ多分、しぜんなからだのバランスが爪先《つまさき》じゃなく踵《かかと》よりかもしれないから、後傾ぎみにかまえて、懐《ふところ》をふかめにとれ。で追われたら肘《ひじ》を上げて腕を伸ばしてぐっと相手を押せ。正面には立つなよ。潜り込まれたら左右に泳がせろ。左ジャブを残して相手の頭を左にながし、右ストレートを残して右へながせ。ボクサーは慣れない方向に踏ん張りが利《き》かないから。おまえ肩の可動域がだいぶおおきいのも、ストレート系にはネックなのかも。くわしくはわからんけど、フックも打ちおろしぎみだし、肩が動くから腰が捻りきれないのかも。だったら、ジャブストレートは引きより残しを意識して、その代わりしっかり半身を切ること。肩を残すこと。そんでそのまま相手に肩をぶつけるような意識で、横に泳がせろ。きれいなボクシングじゃないし、だいぶセオリーからとおいけど」

「反則じゃないすか？」

「反則じゃない。勝ちたいか？」

「は？」

「どっち？　おまえは勝ちたいのか？　きれいなボクシングにしがみつきたいのか？」

沈黙した。永遠のような二ラウンド。風も止まり、ジム内の喧騒《けんそう》も止まり、息がくるしい。応《こた》えられない。信じられない。目のまえの人間を。信じたほうがいいのかも、わからない。目が回る。ぐるぐる。死にたい。

なにがわかる。おまえになにが？　四回戦を突破できる技術力をもっているおまえに。ワンツーを打てないボクサーのなにが？　いつまでも右ストレートに脅威のないボクサーでいるぐらいなら、死んだほうがいい。でも、この意識したこともない劣等感。これがぼくのボクシングを頭打ちにしていた？　右がまっすぐ打てないことも、それにひたすらしがらんでいることも、究極にださい。ださすぎる。

はじめておもった。生きたくない、死んでもいいじゃない。死にたい。死の能動。吐きそうだ。

「おれはおまえを勝たせたい。ボクサーじゃなくてもいい。おまえは格闘家だ。おまえはつよい。嫉妬してんだぞ、おれは。おまえに。まだまだ勝てるおまえの才能に」

才能？　気がついたら泣いていた。ジワッと汗ばんだ肌に溶けて、みえない涙。そのことばを信じたい。だけど信頼まであと一万光年。二ラウンド終了のブザー。あとはなにもおぼえていない。

「なんでいつも撮ってんの？」

と、iPhoneのカメラが回った状態できいた。もう、撮られて半年以上になるのだから、いまさらもいまさらだ。だけど、ききたいことがいつもきけるわけじゃない。きけるときにきかないと、きけないことのほうが余程おおい。

「なんでおまえはボクシングやってんの？」

おもいだす。おもいだす。

昨日起きると、

……ひま？

というメッセージがはいっていた。夕方からジムでマススパーの予定だったので、

……ひまじゃない

と返した。

……明日は？

……ひま

……六本木森美術館

というやりとりで、翌午後にジムワークをすませ、夜におちあった。きょうは韓国の現代アーティストの展示だという。硝子《ガラス》やテグスのようにみえる素材が犬の形状になっていて、奥に六本木の夜景が一望された。撮影禁止の展示だったので、友だちは口をあけてぽーっとみていた。カメラがないと、すごく童顔。いつも男の顔をまともにみていない。小学生のようだった。頰も上気して。犬は魔法をつかいそうだった。子どものころやったゲームの世界観そのままだった。RPGの。目玉や尻尾《しっぽ》にあたるぶぶんを含め全体的に、ボタンや布のような生活感のある材料をちりばめて、ひたすら透明な素材のむこうに六本木。

「でかい窓も、むこうの夜景も、作品を担《にな》ってるんだって」

とつぶやいた友だちはその硝子とテグスの犬を往《ゆ》きつ戻りつし、一時間ぐらいみていた。いくつかのオブジェのあいだに膨大なスケッチ、デッサンを経て、接近禁止の巨大作品がさいごにあった。プールには足りず、浴槽にはでかすぎるくろい長方形の凹みに、墨汁よりもっと黒々とした液体がたぷたぷと揺れていて、しろいひかりが一筋だけさしていた。これがなんなのだろう？　友だちは小学生の顔でここでも三十分。またゲーム的世界観を連想した。強敵が黒い水面からおもむろにあらわれそうだ。

「わからん、いまとなっては……」

おもいがけず滞在が長くなり、終電近くになっていた。ボクシングをやっている理由がなかった。ただ、毎日がそうなっていて、それ以外がわからなくなっている。

「ただ、毎日一応走って、一応ジムにいくと、一応試合が組まれて、いつの間にか……それでそうなってる。いつの間にかだ。試合が組まれるって、きほんラッキーな、恵まれたことだけど、麻痺《まひ》してる。まあ、四回戦のうちは、相手がいないなんてことはない……」

カメラの前で、過《よぎ》った思考をすぐさま言語化する。友だちにそう指導されていたから、おもったそばからすぐ言語化、言語化のそばからすぐ思考……

「ライセンスをとるぞ！っていうきもちはあった。デビュー戦勝つぞ！もあった。チャンピオンになるぞ！もちょっとあった。さすがに世界チャンピオンはなかった。東洋もなかった。次は勝つぞ！もいまではあった。それもいまは……。どうなってるんだろう？」

「おもいだせ。つよいきもちで」

夜のした、友だちはiPhoneを自在に動かす。ぼくの表情を、うえから、したから、風景を撮り、宇宙を撮り、建築を撮り、アスファルトを撮る。がんらい夜型の友だちは「きょうの展示は生涯さいこうだった、現時点で」という感想もあり、ひどく昂揚《こうよう》している。

「やっぱ三戦目かな……。三戦目に敗けたとき、なにかがちがうとおもった気がした、でも、おもいだせない。おもいだしたくないのかも。おもいだせない。それすらも」

「映像を撮っているとき、撮った映像をみているとき、その両者をながれる時間、その関係性においてだけ、おもいだせることがある。おれもおれをおもいだせてない。なんで映画を撮りはじめたのか？　でも、ときどき、いつでもきもちが澄みわたれば、おもいだせるんだぜって自信はあるんだ。なあ、ちょっとシャドウをしてくんない？」

ぼくは、いわれたとおりにした。帰路もトンネルにさしかかる。赤い街灯に照らされて、「みせる」用のわかりやすいシャドウをする。こんなシャドウをしていてはだめだ。アップにも練習にもならない。三分保《も》たない。だけど、いつも気がついたらこんなシャドウをしている。いつしか相手がいた。青志くんだった。おもいだした。こないだの試合。一ラウンド。いまなら動ける。いまなら勝てる。シャドウというよりいわくいいがたい、ボクシングの動きになった。それはウメキチに教わった技術だ。ぼくは青志くんを追い詰めた。さいごのパンチは打てなかった。だって、現実には勝てていない。虚妄のなかで再戦して、勝ってしまえたところで、なんになる？　ぼくははたと動き止めた。友だちもなにもいわず、iPhoneをしまい、「そろそろおれもなんか作品にまとめよっかな」といった。ぼくは心がじくじく痛い。昂《たかぶ》っただけムダだ。人生を生き急いで、墜落したい、そんな欲動がものすごくムダだ。幻想にすぎない、つきあってられない。みんな夢をみる。他人のボクシング像に、幻想に、つきあっていられないんだよ。

ぼくはウメキチのいうことにこくこくと頷《うなず》きながら、しばらく「自分の意見」を放棄した。ミットでは指示にしたがい、きもちよさや拳の感覚、骨にひびく手応えよりも、ウメキチの指示と動きに合わせてパンチをだしていくことに終始した。だんだんウメキチの指示は減っていった。ミットを出された場所でどういう動きをすればよいのかわかる。右ミットをウメキチの顔の横に出されたらそこへ右ストレートを打ち込み、そのまま左ミットにボディ、返しの左フックこそを倒すつもりで。いままで執拗《しつよう》に指導されていたように、充分に左肘を戻さないでもいい。

「お前は肩関節がやわらかいから、たぶん肘がぐにゃっとして位置が固まらない、無理に腰を戻そうとしなくていい。そのほうが速い」

実際そのほうがらくだが、実戦でつかえるパンチかどうかまったく自分では判断できない。慢性的な腰の痛みはやわらいだ。セオリーに反したウメキチの、実際には信じていない哲学に素直に従いつつ、サンドバッグなどではそのフラストレーションを晴らすように好きに打った。ボクサー的充足をさしだして、代わりに無信心をもらっている。ようするに、ただウメキチに思考を預ける機械になって。ミットは六ラウンド打ってもまだまだ体力が余っていて、えんえん打ちつづけられそうだった。それぐらい抜いたパンチで打っていた。「思いっきり打つな」は実際にいわれたウメキチの指示だった。わけはたずねない。元々苦手だったコミュニケーションが、いまでは純粋に億劫《おっくう》だった。ウメキチはミットの時間以外では走りにいっていたり、自分のシャドウや筋トレに一心に励んでい、ほとんど視線を感じなかった。監督されていない時間がながいのはらくだった。

ある日、シャドウをしているとめずらしくウメキチがそばにいて、いつもは声をかけられることもないのだが、「おまえ、ショートアッパー打ちたいの？」といわれた。

ボンヤリ動いていて気がついていなかったが、そのことばでぼくははたと心至った。ぼくは自分が青志くんに倒されたパンチを、たびたび追い求めていた。ビデオでみたあわれな自分の姿がよみがえる。ぼくのほうからくっついた状態で、限りなく細く斜めの軸でかちあげるアッパー。右拳を顔下につけた状態から、腰の回転だけで垂直にちかい斜線を結ぶ、回転力と相手の体重が乗算される、パワーの丁度嚙み合った地点にぼくの顎《あご》があった。利いた。マウスピースがなかったら、脳がこわれていたかもしれない。そういえば、バイトをやめてからだいぶ頭痛は治まった。

「右拳で相手の右の顔の輪郭を擦《こす》るような感覚か？」

ウメキチのことばは、疑問形ながらぼくのからだにちょっとしたワンダーをもたらした。おもわず許可もえないまま、ウメキチの顔面にアッパーを、ゆっくり入れる。

「ウン。右の軌道がカーブして、肩を、そうだなあ、嚙ます？　肩を舐《な》めるようなつもりで？　自分の舌で。べろっと」

もう一回。たしかに意識のうえでは弧をえがく軌道を意識したほうが、現実にはまっすぐの線が結べる。肩を舐める（つもり）。

「うーん、肩はやりすぎかな？」

ウメキチ自身も、自分でアッパーを動く。鏡にむかって。二三度打ったあと、ぼくにむかいゆっくりアッパーをくりだした。さっきぼくがしたように、わざと相手の顔面右側にずらす。

ぼくは戦慄《せんりつ》した。それは青志くんにもらったアッパーを想起させた。似ているという感覚ではない。まったく同じものだ。どばっとなんかの脳内物質がでた。倒されたときに吹き飛ばされた記憶が、試合後三週を経ていま、まさに戻った。あの無念。無常。

恥しい。

どんなに否定されても、「立派に闘いきった」といってもらえても、敗《ま》けることも倒されることもしんじつは恥しい。事実でなくても感情は恥しい。感情は感覚だ。感覚は真理だ。だから恥しいは真理だ。

そこでラウンドインターバルのブザー。ウメキチはそれ以上アッパーについていわなかった。また目の前がぐるぐるする。試合前にみた無数の夢のなかで、すでにアッパーで敗ける夢もみていたきがした。

「おまえ、減量きつい？」

とつぜんに、ウメキチにきかれる。きついともそれほどでもないともいいかねた。他をしらないから。

「何キロ？」

「九キロす」

「戻りは？」

「だいたい四キロす」

九キロ減量し、計量翌日に四キロぐらい増えるということを、応えている。ぼくはじぶんの感覚に整理をつけながら、きかれたことを正確に応えることで、現実にしがみついていた。

「そんなに戻らんなあ。おまえ、朝、食欲ある？」

「あります」

「なに食ってる？」

「パンかおにぎりす」

「それだけ？」

「ハイ」

「食うとだるくなる？　眠くなる？」

「だるくなるす」

「朝走ってる？」

「走ってます」

「何時に起きてる？」

「九時す」

「めざましかけないと何時まで寝れる？」

「うーん、四時とかす」

「四時？　若えなあ。夜は何時に寝てる？」

「二時す」

「疲れてると何時ぐらいに眠くなる？」

「疲れてても疲れてなくてもあんま変わんないす。二時す」

「おまえ、バイトやめたんだって？」

「ハイ」

「ちょっとロードワークの時間、おくらせるか午後にしてみて。からだが疲れてたらべつに走らなくてもいいし、まかせる。もうちょっと寝てていい」

「四時までですか？」

「四時はダメ。遅くても十二時」

「でも」

そしてまた、自分のなかの「ボクサー」がいたむ。ただそういうものだとおもってつづけていた午前のロードワークについて、そもそも思考したことがなかった。

「おまえたぶん胃がそんなつよくないから、仕事とかないならもうちょい寝たほうがいい。眠り浅いだろ」

それには応えなくてよい雰囲気だったので、黙っていた。浅い。だからあんなにも夢をみてしまうのだ。

「なるべくはやいうちに次戦をやりたいな……」

ウメキチはつぶやいた。

翌日、ウメキチは弁当をつくってきた。

「朝はこれを食え」

容器は弁当屋の発泡スチロールのような素材だった。食べおえたら捨ててよいという配慮なのだろう。ぼくは黙ってうけとったが、食うつもりはなかった。

面倒くさい。

面倒くさい面倒くさい面倒くさい。なにもかも、もう面倒くさい。これを毎日わたされるのか？　まじでウザい。中身もみずに自宅付近の公園のゴミ箱に

捨てた。彼女にメッセージを打つと、
……ゴメーン。彼氏がきてるから
という。返信はしなかったが、悪い気はしなかった。嘘《うそ》を吐《つ》かれるより、はっきり断られたほうがきもちいいのはボクサー的性分だろうか？　試合前に腫《は》れ物のように扱われ、なにかと気をつかわれることに慣れているが、気をつかうのは高等技術だ。すくなくとも、気をつかわれているのをありがたがるほどの器ではない。公園のベンチに座る。夕方。子どもたちが遊んでいる。自分たちが仲よしでいられる要因なんて、考えもしないのだろう。どうしてぼくと青志くんは夢のなかで仲よくなれたか。あれは幻想か？　リングのうえ以外ででああえたなら、仲よくなれたのか？　なれない。ぼくはだれとも仲よくなんてしたくない。さみしがり屋のくせに、ひとに気をつかわれるのはいやだ。プライドばかり邪魔をする。素直に「いっしょに遊ぼう」がいえない子どものまま、いまに至っている。生命力に乏しいせいか、ウメキチのいうように胃がつよくないせいか、めっきり空腹を感じなくなってきた。減量時の反動が終わった。こうなると減量のくるしさのほうが懐《なつ》かしい。性欲も。睡眠欲も。物欲も。権力欲も。なにもない。

人生がながい。ながすぎる。

ベンチに座ったまま、なんとも名づけえぬ時間をおくってゆく。反復だけでつよくなれたらどんなにいいだろう？　ようするにいま、ウメキチに従う自分は、つよくなりたいという創意をうしなっているのだ。友だちの iPhone がなくても、自分で考えられる。ウメキチのせいかもしれない。だけど、ぼくはほんとうには「考えたいか？」

それは、「おまえは勝ちたいのか？」の声にかぶさった。最近までは聞かれるまでもない愚問、「当たり前だ！」とひびく応えもないほど、ぼくの肉体に溶け込んだそれは意志だった。

しかしいま……

ウメキチは、「考えて。考えるのはおまえの欠点じゃない。長所なんだ。それをおれが教えてやるよ」といった。

いつの間にか真夜中。

「試合きまったぞ」

ともしいわれたら、ぼくは信頼というゲームを試してみよう。ウメキチをゲーム感覚で信頼する。そこにぼくの意志はなくとも。感情も感覚もなくとも、信頼というシステムを。

ダメだったらボコボコに殴られるだけだ。今度は絶対に倒れないぞ。あまやかな幸福感いがいのすべてを失うほど、脳を壊されてしまえ。またあたらしく夢のなかで親友になったまま、試合が終わらなければずっと仲よくいられる。信頼システムが奏功すれば勝つだけだ。それならどっちだって幸福かもしれないだろう?

ウメキチは翌日、「どうだった?」もどちそうさまでしたもいわせる隙《すき》なく、

「ハイ」といって弁当をくれた。「おまえほどおれになつかない後輩ははじめてだ……」といっていたが、きこえないふりをした。ぼくはまた公園で弁当を捨てた。そして夜中までそこにいた。日々が日々をうしないはじめた。

……ひま？

と友だちに誘われ、夜にジムにいくまではひまだったのでそう返すと、

……県民ホール

ときた。きょうはオペラだったのだが、オペラか……とおもっていたら途中から舞台上でナレーションが入り、そのナレーターがおどりはじめたので驚いた。コンテンポラリー！とコンテンポラリーのなにもしらないのにビックリした。夜の女王のアリア、とあとで友だちが教えてくれた女性歌手の笛のような声にやけに感動してしまい、カーテンコールで自分でも謎《なぞ》の涙をながしてしまった。みているときは概《おおむ》ね退屈だったのに、なぜカーテンコールで涙してしま

うのだろう？

友だちは海べを散歩しているときにiPhoneカメラを回しながら、「本来オペラのもっているゴテゴテした舞台装置とか演技とかをぜんぶ廃して、現代舞踏とナレーションの身体性でコンパクトに、ミニマリズム無機物てき舞台装置の動きだけでオペラの大仰さに抗してるのが、おもしろいんだよ」といった。

「はあ」

ずっとぼくを撮っている。海べでカモメがキャー。ひとが多すぎて、あんまりすきでない海べだ。次戦もないまま、というか永遠にないかもしれないままダラダラと練習していた時期だった。それでも最低限の緊張感をもって練習していないと、次戦がいつ決まるかわからないし、いまの自分の状況ではすぐ三週間後といわれないとも限らない。もともと減量の反動で一気に十キロも戻るような体質ではなかったが、必要以上に筋肉も脂肪もつけないよう気をつかってはいた。あとは七キロぐらいならすぐにおとせるような心づもりを。

友だちはデートのカップル、ひとだかり、海風のバタバタという音を撮っている。山下公園を沸かせていた梯子《はしご》パフォーマーの命がけを撮っている。ぼくは黙っている。友だちがカメラを四方にむけつづけているので、ひとにぶつかりそうになったり障害物があらわれたときは腕をぐいっとひっぱる。

「モーツァルトの『魔笛』はな、めちゃくちゃな男尊女卑なんだよ。前半善玉だとされていた夜の女王がな、後半には理性の欠片《かけら》もない悪女で毒親だったことが判明するわけ。ようするに女は男の理性につき従わないことにはすぐ激した感情で判断を誤るから、とかいう当時はごく常識だったかもしれないけど、きょうびではとんでもない理論が働いてるんだよ」

「へー」

「でもな、おおくの評論でいわれてることだけど、理性をあらわす男性のアリアより、狂気をあらわす女性のアリアのほうが圧倒的におもしろいし、かっこいいし、華があるわけ。そこらへんがモーツァルトの偉さというか、時代に生きながら時代を裏切れる、意識なき天才ってわけさ」

「天才」

ぼくは友だちのいってる意味がさっぱりわからず、それ以上に心底どうでもよく、水をぐいぐいのんだ。いつの間にか汽車道を渡れば駅につくという場所で、友だちが、「話があるんだけど」といった。iPhoneを構えたまま。

「なに？」

「金貸してくんない？」

ぼくは黙った。こういうとき、友だちが映画的演出でいってるのか、本心でいってるのか境界が曖昧《あいまい》になる。そもそもそういう効果を狙《ねら》っているといぜん友だちは明言していた。

「それ、マジ？」

「うん」

「貸さんけど」

「だよなー。いやちがうんよ。いまのは冗談」

「そんな気がした」

「ほんとはな、受賞したんだよ」

「受賞?」

「なんの気なしにだしたショートフィルムのコンペで、最優秀作品に選ばれたんだ」

「……」

「で、しばらくは審査員の監督について勉強しながら、脚本と演者も回してくれるから、それで自分の作品も撮れって」

「へー」

「賞金五十万。こんどうまいもん食う?」

駅に着きそうになった。ぼくはこのまま話を終わらせてバイバイするべきだとおもった。どうせほんとか嘘かわからないのだし、いずれ真実は判明する。

でも、もしかしたらもう誘われないのかもしれなかった。その話がほんとうなら。

「いまのはなし、ほんとう？」

ぼくはたちどまった。

「おまえ、成功したの？」

友だちは黙っている。

「おまえ、天才なの？」

ずっとカメラをむけられている。ぼくの背後に、西陽が強烈にさしこんだ。

「応えろ」

口調がいままでその友だちにむいたことのないつよさになった。友だちがiPhoneをしまい、「ハッ」とかるくわらった。

「うそにきまってんじゃん。こんな遊びでやってる映画が。携帯でさ」

ぼくは、苦々しかった。嘘だろうがほんとうだろうが、いま口のなかに走った渋さが嫉妬《しっと》の味だと、しりすぎるほどにしっていたから。ぼくは才能にとてつもなく、嫉妬してしまっていた。ほんとうはモーツァルトのくだりからなんとなく苛《いら》ついていたことに気づいて、さいあくな気分になる。

「信じた？」

友だちは邪気なくわらった。小学生の顔。夢をみるとき、ひとはこどもの顔になるのか、大人の顔になるのか、それとも、本来あるべき「そいつの顔」になるのか。試合まえぼくは、どんな顔をしている？　つられて、ぼくもわらった。

「信じるわけねえだろ」

おもいがけずやさしい声がでた。友だちの顔が弱い。ちいさく口をひらいていう。

「まあ粛々とやろうや、おまえも、おれもさ」

……スパー三ラウンド。あさっての五時から
というショートメールがはいっていた。ぼくは無視した。内容を了解したなら、ウメキチからのメッセージは返信しなくていいことになっている。だいじなことは電話でいうから、といっていたが、まだ電話がかかってきたことはない。

ぼくは、自分がどれだけボクサー的尊大、ボクサー的生意気を演じられるか、遊んでいる節を感じはじめた。同じように、遊ばれている感触も同時にあった。もう、青志くんと闘ったころの感覚はない。ウメキチは信頼のシステムを、ぼくは不遜《ふそん》のシステムを同時に戯《たわむ》れているようだった。クエスチョンマークのないメールの返信は要らない、とさいしょに口頭で告げられ、でも、心配じゃないんですか？　バックレとか、事故とか自殺とか、とは声にださずに黙っていると、「心配はするのもされるのもムダ」と勝手につぶやいた。

でも裏切られたら？

「裏切りなんてのはないし、ただそれは他人が自分の生理的ペースに合わなかっただけだから、あくまでこっちが修正する」

この信頼はおまえには関係ない、といわれている気がした。あいかわらず心をよまれているが、いまでは自分のほうでもウメキチの思考をよんでしまっている。これはよくない気がした。思考をよむのはウメキチに任せて、ぼくは他人の心情に斟酌《しんしゃく》しない潔《いさぎよ》さを身につけたい。

スパーリングは久々だ。時間どおりにジムにいき、「きょうはよろしくお願いします！」とペコペコしあう。ずいぶん若くみえる。もしかしたら高校生かも？

「おい、あと十ラウンド後にスパー始めるからさ、おまえちょっとこっちこい」

とウメキチに呼ばれ、ジムの外に連れ出された。

「きょうはスパーまで相手をみるな。段取りはぜんぶおれがつけてあるから。

バンテージも外で巻け」

そうしてバンテージとドリンクを抱え、ウメキチはミットをもったままあるいてすぐの公園にいった。

公園はちいさく、滑り台と砂場と水のみ場以外はなにもない、いつもだれも使っていないこぢんまりとしたものだ。そこでシャドウをして足を慣らし、かるめにミットを打った。もうウメキチのミットにもだいぶ馴染《なじ》んで、さりげなく前回自分が倒されたショートアッパーがコンビにおりまぜられていた。さいしょは試行錯誤したようすのウメキチだったが、じょじょにぼくのきもちいい軌道上にミットをおき、アッパーで撥《は》ねあげるイメージを植えつけられた。右ストレートを打ったあとに拳《こぶし》を伸ばしたまま肘を畳み、相手のカウンターを防ぐ、ウメキチのいう攻防一体のボクシングにだいぶ慣れつつあるが、不格好にやっていてまったくきもちよくない。スパーに対しても、かるいきもちしかもっていなかった。三ラウンドなんてすぐだし、相手も若そうだし、プロの迫力とやらを肌で感じにきたのかもしれないけれど、その迫力がいまのぼくにはない。テクニックでは巧《うま》い高校生には敵《かな》わない。アマチュアエリートの濃密な練習を、人生の選択肢を放棄した運動の精度のよさを、わからないほうがいいことをぼくはわかっていた。

「おい、雑音に惑わされるなよ」

ウメキチはミットを持ちながらいった。

「三ラウンドめで倒せ」

むりだろ。ヘッドギアをつけた状態で、試合でダウンすらしばらくとってないし、グローブだって十六オンスだぞ？

「まかせろ」

いったいだれが闘うんだよ？

ジムに戻り、「じゃあ用意してー」とトレーナーにいわれた。せかせかと焦《あせ》ると、「待て待て、おまえ、どのヘッドギアが好きなんだ?」とウメキチにきかれ、ふと考えた。そういえば、顎のしたまで素材の通っているスタンダードなギアより、アゴが空いていて首にバンドがしまりすぎない黄色いギアが好きだ。でもこれだと、「それじゃないのつけて」といわれるから避けていた。顎が危険だし、小中学生のマス用に使っているものなのだという。しかしぼくはあたまがちいさいから、スタンダードなギアをつけるとよくパンチの衝撃でぐるっと回ってしまい、ギアがずれて前がみえなくなってしまう。ギアを直す一瞬はなんだかとても気まずいし、集中は削《そ》がれ、テンションが下がる。

「その黄色いのをつけろ」

とウメキチ。トレーナーは、「それじゃだめだろ」というが、ウメキチは「まあまあ」といって笑って誤魔化している。そんなこんなでモタモタしていたら、道具をつけ終わりマウスピースを嵌《は》めたところでもうゴング。

拳をちょいと合わせた直後、相手のジャブが速くて驚いた。それも、ステップイン、アウトを交えながら間髪容《い》れず打ってくる。パーリングで落としていると、一瞬で詰められてコンビがくる。必死に避けつつなんとかフワフワのパンチを返していくが、三十秒が一ラウンドに感じられた。いきなりトップギアかよ。

とにかくバランスがよく、ジャブからワンツー、詰められてこまかいパンチをまとめられる。必死に手を返すと、もうそこに相手はいない。そのくり返しで一ラウンドを終え、さいあくな気分でコーナーに戻った。つよい……

「おまえ、息があがってるわりにはラウンド終盤もよく動くよなあ」

動かされてるんだろ。バカが。イライラする。ひさびさの実戦で緊張する間もなくはじまったのはよかったけど、やはり余裕がないとスタミナに心配がある。

「よく動けてるし、おまえのフックも当たってるから二ラウンド目はそのままで。むりに追わなくていい。当たるぞ。あと詰められたら体回して、ボディ返して」

こんな不格好なファイトで、二ラウンド目もそのままかよ。しかし相手とのスピード差がありすぎてしぜんそうなってしまう。詰められてはまとめられ、いくつかガツンとヘッドギアが暴発したような感覚のパンチをもらった。とくにヘッドギアがあるからといって衝撃が緩和されている感じはない。いつもアドレナリンがフルスロットルだからぼくたちには真実がよくわからないんだ。詰められたときにストレートは止《や》め、顔面を狙わず腹を狙う。まだ体型ができあがっていない感じなので、利きはしないまでもいやな感じは与えられているだろう。不格好な空振りをブンブン振り回しているせいで、パンチ力の印象だけは与えられていた。それで肩をぶつけてしまい、体を入れ換えるような感覚で相手の向かってくる方向に逆らわず体をながす。それで攻守を変えてすこしコーナー際《ぎわ》で打ち込んだ。しかし若い相手は上下のフットワークもうまい。それでも、ダッキングウィービングクリンチの技術で一発たりとも当たらない。

ウメキチのミットに打ち込んだようにフルで打ち込まないパンチをコツコツガードのうえからぶっつけていく。距離をとられてサークリングされたらやはり面倒ください。結局二ラウンドもさしたる手応えもないまま終了した。

「おまえ、ラウンド終盤もよく手がでてたなあ」

指示通り、本気で打ってないからな。

「あのな、相手結構バテてきてるから。右ストレートふうの右フックやったろ? ノールックの。あれと、腹と、詰めてショートアッパーな」

バテてる? まったくそんなふうにはみえない。

三ラウンド。ジム内に「ラストだぞ!」というトレーナーの怒号が鳴りひびく。そんなわかりきったことというんじゃねえ。ぼくはイライラした。相手をみる。あいかわらずジャブがキレている。ぜんぜんバテてねえじゃねえか! しかし、ジャブの二発目三発目の、引きがながれている。ぼくの頭を押し込むようなジャブが散見される。ああ、つかれてるんだ。ぼくもそれなりにつかれているけど、相手も同じだ。目をみた。この試合はじめて相手の目をみた気がした。ビビっている。わかる。青志くんと闘っていたときの、ビデオのなかのぼくの目だったから。それは一瞬の点滅。怯《ひる》みが目を濁らせ、口元が連動する。次の瞬間には決意がボクサーの顔を覆《おお》っていても、疲労やダメージからくる恐怖の点滅は寄せては戻る。距離が一歩縮まった。そもそも、クリーンヒットの数では明らかに劣っていたから、判定では一二ラウンドともにとられている。ダメダメなスパーじゃん。ウィービングしながら詰めて、離れ際にオーバーハンドの右フックを当てた。これは勘で当てる。相手をみずに、だいたいこのあたりだろうという見当で相手の顎を狙う。側頭部にでも当たればもうけものだが、あまり奥をいきすぎると後頭部に入ってしまい反則になる。けど、「おまえ肩甲骨まわりがやらかいから、ストレートよりやっぱフックだな」という、「というより、ストレートぎみのフックだなおまえのは、ストレートを要求しても肘《ひじ》がひらくからフックぎみなんだよ」という、ウメキチのことばがよぎる。

幸運にもそれが顎に当たったらしい。頭を振っているからみえていない。しかし足が止まったので左ボディを打つ。外側からのフック。これでボクシングの軸がひらく。右もフックを相手のガードの外から打つ。このパターンをたびたびくりかえした。プレッシャーをかけつづけた効果か、相手はまったく手が出なくなっている。それでボクシングの横の円をひろげてみせたあげく、別の軸にすばやく移行し、斜めの円をつくる。練習していたショートアッパー。何度かガードに阻《はば》まれたが、外円からのボディが、利《き》かせていないまでもしっかり打ちつけていた効果で相手の体幹が乱れ、ようやく斜めに線を結ぶアッパーが相手のアゴまで届いた。そこで相手の足がガクッとなる。耐えられたけれど、そこからは一方的にパンチをまとめてスパー終了。

「いいじゃんいいじゃん。試合だったらアッパーでダウンとれてただろ」

でもあの三ラウンドのバテ加減、一度ガードが乱れるとどかっとパンチを食う試合運びの拙《つたな》さ、どう見てもちょっとうまい高校生レベルだろ、とおもい、噛《か》ませ犬をあてられた疑惑にどうにもスカッとしない。

「相手、インハイベスト十六なんだぜ。もうすぐプロテストだと」

ウメキチがいう。

「よゆうで受かるだろ」

ぼくは、勝てる。勝てるボクシングができたのか？　それでも、まだまだプロ未満、ただの高校生であることにかわりない。よろこべるようなことじゃない。

ヘッドギアを拭《ふ》いているときに高校生に話しかけられて、「やっぱプロは迫力ちがうっすね」といわれた。しかしその「迫力」をだすまでのプロセスは、ウメキチのロジックに沿ったものだ。プロ経験やライセンスがそれをくれるわけではない。

覚悟の技術が、ぼくに足りなかったそのシステムが、ほんとうにいま、ぼくは欲しいか？

次を勝っても新人王、六回戦、高収入の夢などみられないぼくに、その欲望をいま、また取り戻させて、どうせダメなんだ、あとの面倒をどうみてくれるんだ……

ウメキチは、「きょうはあと流しめにミットとサンドバッグしよう。試合、きまりそうだぞ」といった。

……試合きまった

とメッセージすると、すぐさま、

……なるほど！

ときた。友だちはぼくの試合がきまると小旅行をおごってくれる。道中のようすもちょくちょくiPhoneで撮られている。正直そんなに旅行に興味がないのでありがた迷惑の感はあるが、とおくにいったことを後悔した記憶はない。ただ単に家事から離れ、部屋に渦巻くような妄執から離れるだけでこんなにも軽くなれる体なら、生活のすべてをボクシングに捧《ささ》げ、それ以外を忘れる勇気さえもてればいいだろうに、なにかをただ続けるということがこんなにも傲慢《ごうまん》なことだとはおもわなかった。人生、そろそろいいんじゃないか？という気分になっていた。試合が決まる。まだ相手の名前をきいていない。きいたら速攻インターネットで検索だ。ＳＮＳだ。YouTubeだ。ときにはそのお友だちも検索閲覧だ。それぐらいしか、いまのぼくには趣味と呼べるようなものがない。

夜の電車。終電で北へむかっている。関東から脱《ぬ》け出そうとするころにちょうど、車両からひとが消えた。

「いまの心境は？」

「無」

そろそろ半袖《はんそで》では寒い。しかし半袖しかなかった。なんの空調も入っていないはずなのに、外気のつめたさがひと駅ごとに増していった。不摂生なボクサーで平気だった。丁寧に生きる価値を、果していまの自分と世界とのあいだで、結べるか？

　揺れがつよくかんじられた。

　無人の車両。到着駅を告げるアナウンスがひびく。眠るほどではないうすい眠気。夜気。

「つぎの対戦相手はどんなやつ？」

　ひきつづき、友だちはiPhone。ふと、ほんとうにそれは、撮っているのか？と疑念がわいた。

「まだしらん」

「どんなやつがいい？」

「ハードパンチャーがいい」

「なんで？」

「ぼくは絶対に倒れないから、今度こそ脳を壊してほしい」

　沈黙がただよった。

どこへむかってるの？ときいても、川、としかかえってこなかった。だから何時にどこへ着くのか、ぼくはしらない。ただ終電の時間からして、十二時ぐらいにはどこかへ着くんじゃないかと見当をつけている。どこへむかい、いつ着き、なにをめざして生きているの？　そういうことをいいそうになると友だちは「すぐ人生に喩《たと》えるクソフィクションはやめろ」と怒る。そういうときだけムキになって怒る。

「シャドウしてみ？」

ぼくはいわれたとおりにした。視線はないのにどことなく恥しい。足場が揺れる。難しい。砂浜でするのとはぜんぜんちがう。

「いい練習になるかも」

これは本心だった。

案の定十一時半にちいさな駅に着き、友だちの誘導で二十分ほどあるきデニーズにはいった。なんでも奢《おご》ってくれるというので肉をくう。友だちは注文シーンでふたたびiPhone。

「サーロインステーキ、にんにくソースで。単品で」

「あ、おれはまぐろごはんとかけうどんのセット、ドリンクバーつきで。ライスはいいの？」

「いい。そろそろ減量のこと考えるし、もともと炭水化物はそんなすきじゃない」

友だちはもうしっているはずのことをわざわざきいた。やはりちゃんと撮っている。店員が、「ご注文くりかえします」とつぶやいている。深夜のファミレスは案外に混んでいて、席の八割ほどが埋まっている。

めしをくってだらだらし、はなすこともiPhoneもなくなってすこしだけウトウトした。客席もじょじょに衰退し、一割も埋らなくなったころ。

「そろそろいくべ」

と友だちがいった。

むかった先は巨大な川だった。向こう岸までが遥《はる》かとおい。水位は浅く、透明な水が岩を裂くように轟音《ごうおん》をたててながれていた。支流がいくつも交わり、水量が増すと勢いづいて曲がりくねり、飛沫がはじけた。目の前でながれている川が、自分のみていないときも、死んだあとも生まれるまえもながれている、しかし自分はこんなにも生がきつい。そこへ空が白みはじめ、光が川の一部を鏡にした。おもわずおお、という声がでる。

友だちは川を撮って、ぼくを撮って、川を撮って、太陽を撮って、ぼくを撮って、ハイになって笑いながら回っている。ぼくもハイは理解できたが、友だちの狂気が速すぎてノれなかった。友だちは「ガーッ!」と叫びながら、走りながらカメラを撮っている。おおきな橋のしたをすぎたあたりで、転んでいる。はげしめの転倒だった。iPhone が投げだされる。とおくで友だちがうずくまっていた。おおい。声をかける。ようやく小走りに追いつくと「あっぶねえ iPhone 壊れてなかった。映像も生きてる」といった。ヤバいヤツだな、とおもった。

「さむー。めちゃくちゃさむ」

ぼくがつぶやく。上着を持っているはずの友だちに貸してほしかった。しかし友だちも半袖のまま、リュックから上着ではなくラップをとりだし、ビチビチに iPhone に巻いている。いやな予感がした。

「シャドウして！」

いわれるがまますする。なぜか友だちがカメラを構えているときに素直になる。友だちより友だちの iPhone を尊敬している？ 擦りむいた手のひらで汚れたラップにくるまれた iPhone に敬意を表し、本気で動く。アップで慣らす、あるいは流すようなむしろ「ほんとうの」シャドウじゃなく、映画みたいに精力のすべてを使い果たすような、シャドウのためのシャドウだ。からだがさむいという理由がいちばん大きかった。

「対戦相手がみえるぞ！」

そんなの嘘だ。そんなふうには動いていない。だけど友だちのカメラ越しには、そっちのほうがリアルなのかも。ラップから血が滴《したた》っている。赤をみるとアドレナリンがでる。擦りむいただけでなく、どこか切ったのだろうか？　友だちは川に足を突っ込んでいる。シャドウをしながらぼくはぎょっとした。足をとられてまた転んでる。痛覚はどうなってるんだ？　温感は？　飛沫が撥ねて、友だちはカメラをぼくから外さない。うわーっっっっと叫んでいる。いつの間にか汗だくで、ぼくは川原に寄っていき、川に座り込んでぼくを撮っている友だちを見おろした。もう完全に朝のひかりだった。

「勝てよ」

と友だちはいった。前髪から川の水が滝になって友だちの顔におりてき、濡《ぬ》らしている。カメラを外していた。あ、小学生の顔。小学生の顔で笑っている。ぼくは笑えない。

「いつだってやってるよ。勝つつもりでやってる」

それが本心だった。かんたんに「次は勝ちます！」なんていいたくないし、いわせないでほしい。

「おれたちはかっこいい。だれにも敗《ま》けてたまるかよ！」

川の水をぼくにかけて、友だちは笑いこけた。血が飛んできてぼくのしろいシャツを染めた。限りなくうすいピンクが、シャツの胸に点《とも》る。まだラッシュには早すぎるかえりの電車で、寝ている友だちの手のひらに消毒薬を垂らした。起きているときは拒絶していたが、いまは起きない。手をもちあげて、したにタオルを敷き、消毒液をビショビショかけた。うーんと唸《うな》り、眉《まゆ》を寄せて痛みの夢をみても、友だちは起きない。ぼくはおもしろくなって、汚れをながす用途と兼ねるよう贅沢《ぜいたく》に、消毒液をぜんぶ友だちの手のひらに注ぎきった。ピンクに染まった皮膚のなかをちいさく菱型《ひしがた》にかさなって破れた擦り剝《む》き傷を洗いながすと、二センチほど岩で切ったのだろう切り傷の全貌《ぜんぼう》があらわれてふたたび血を吹きだし、ブクブクと呼吸するようだった。朝陽に反射して、友だちの傷がキラキラひかった。縫うか縫わないか微妙なサイズの傷だ。それほど深くはなさそうだけど、血が充満していて奥までよくみえない。ねむる友だちの傷をみているぼくは妙にきもちがおちついて、いつしかこくこく眠りにおちていた。

「おい、きょうスパーできるか?」

とウメキチにいわれる。なにごともことばを尽くしすぎるほどに尽くすウメキチが出し抜けにそんなことをいうのはめずらしかった。だれと?

「おれと」

ウメキチと? そんなことははじめてだった。だいいち階級がちがう。ぼくはバンタム、ウメキチはフェザーで四キロちかくもちがうのだし、体重の増減が激しいウメキチといま九キロ以上開いているはずだった。

「おれはな、おまえの対戦相手を研究した」

対戦相手？　まだ名前もきいていなかった。

「おまえ、研究魔だろ？　おれもおまえになったつもりでビデオみてやったぜ。だからおれは、おまえの対戦相手に成りきってみる」

だから、階級が。

「リーチも威力も、おまえの対戦相手にあわせてみる。やってみないことにはわからない。でもつぎの相手の戦績は四戦二勝二敗、勝ちも敗けもぜんぶKOできてる。勝った試合の倒しかたをみると、たぶん映像以上にパンチあるとおもう。反面、打たれ脆《もろ》いところもある。そこもコピーしてやる」

どうしてそこまで？

「ようやくわかったか？　これはおまえのためじゃなくて、おれがおれのためにやってんだよ。おまえを勝たせたら、おれはこの方法を究めてチャンピオンを目指す。おまえが敗けたらこのやりかたを棄《す》てて、おまえも棄てて、考え直す。わかったか？」

わかってた。そのほうがよほど心地いいことも。

「おまえを利用してるだけだ」

「なりふり構わないんだな……」

ぼくはつぶやいた。ひさびさにウメキチと口を利いた気がした。おもえば、ウメキチは階級をあげてから苦労している。明日を放棄したまま未来を夢みるふりをしつづけなければいけないのは、どんなボクサーもおなじか？

ストレッチする場にしゃがみこんだまま、ぼくは自分の正直を試した。いつかこういう日がくると、わかっていた。

「正直な、ぼくは勝ちたいか勝ちたくないかももうわからねえんだよ」

「おい、おまえタメロすごいぞ。前はあんなに素直ぶってたくせに」

「体育会ひとみしりなんだよ。合わないの、精神論とか」

「もっとはやくそういえよ」

「わかるだろ。精神論をぶっつけてくる相手はぼくに説いてるんじゃない。自分にいいきかせてるだけだ。だからいってもムダだ。うまく師匠になってもらうのがいちばんいいだろ。実際サポートしてもらってる」

「気のつかいかたが下手くそだな」

「おまえにつかう気は捨てた」

「なんでだよ」

「おまえはエゴイストだからな」

「軽蔑《けいべつ》する？」

「もちろんする。おまえもぼくを軽蔑してくれ」

アップのために着ていた長袖を脱ぐ。動いてもいないのにからだが熱い。水をぐいぐいのむ。あまい。

「ぼくからも提案していい？　スパーやるときはヘッドギアはつけない。グローブは八オンスでする」

「なんで？」

「ギアをつけると視界が本番とまったくちがう。余計な動きが要る。その差異をどうしても修正できない。グローブもそう。重すぎて当て勘がわからない。一度やってみたかったんだ」

「どうすんだ。練習で壊れるぞ」

「さすがに加減して。ぼくは加減できるかわからないけど……」

鏡をみる。狂気を装《よそお》って笑うぼくをぼくは笑う。

「スタミナと時間感覚を養うためだけのスパーなんて、やってもムダだ。おなじ条件でマスもやる。スパーはたまに。その代わりマジだぞ」

「おいおい、加減はどうした？」

「おまえは加減して。もしくは、十キロ落とせ」

ウメキチは気弱げに笑った。

トレーナーには止められたが、けっきょくウメキチがなんとか宥《なだ》めすかしてスパーを行った。まずは三ラウンド。

ウメキチは本来の距離より中に入ってきた。お互い手を伸ばせば届く距離で、ウメキチはモーションのおおきいフックをふってきた。フック主体か。噛み合ってしまう。ぼくは自分の提案がただしかったのか、不安がよぎった。加減されたフックをもらうも、芯《しん》までダメージがひびく。恐怖がダメージに付き添う。きもちは意志の世界にもはやない。技術で心を奮い起《た》たせなければ。二ヶ月前の敗戦の記憶が、どばっと脳内で弾《はじ》けた。ぼくは夢中でフックを振る。慣れない距離のせいか、下がれないウメキチはまともに食う。手加減なんてしているよゆうはなかった。目の前のウメキチが次の対戦相手なのだと、信じきっていた。信頼のシステムが、フルスロットルでいきなり稼働《かどう》した。なんとかスパーを終えると、ウメキチもぼくもダウン寸前までフラついていた。きもちがなんども折れかけた。ギアもなしにスパーをするだなんて凶行、ウメキチ以外には提案できようもない。だけど、周りからどうみられようと、やりたい練習をいまはやりたい。

「一ラウンド休んで、マススパー十ラウンド」

とウメキチがいい、さすがにえ?とおもった。そんな動ける余裕はない。

「おまえ、将棋みる?」

上がりきった息で、ウメキチはいう。みない。

「対局が終わったあと、必ず感想戦っていうのをやるんだ」

息も絶え絶えに、しかしウメキチは必死に説明する。いまではぼくも必死に聞いていた。血に溶かすようにふかく、ウメキチのロジックに耳を傾けて、ことばを分解して、究めたい。

「いまやった三ラウンドをできるだけ再現して、三ラウンドを十ラウンドに延ばすようにかるく、動きを確認。おまえミットの動きぜんぜんできてなかったぞ。終わったらミット四ラウンド。サンドバッグ六ラウンド。いつもよりすくないけど、ただし集中して。筋トレはとりあえずしないでいい、ストレッチを入念に」

「はい！」

癖で、いぜんのトレーナーにしていたような返事がでた。ウメキチは笑った。

「笑わせんなよ。くるしいんだから、いま……」

マスでは、こう動けばよかったかも、の反省を活《い》かして、スピードをあげて拳を握らずに。しかし遠慮のなくなったぼくの拳はときどきウメキチの頬にあたる。ウメキチはそれでいいと声にださず応《こた》えた。そうして家に帰るチャリを漕《こ》ぐのもしんどいほど追いこんで、いつも二十分の帰路に五十分かかった。前回の追い込み時期でもこんなことにはならなかった。でも、休息のペースもぜんぶウメキチに、預けきってしまおう。そういう信頼の空間を、意識して生きよう。

対戦相手の名前を聞いた。シャワーも浴びず、相手の名前を検索窓に打ち込んで検索している途中で寝てしまった。ムエタイの試合をみるようウメキチに指示されていたが、それもできなかった。久々の寝落ち。夢の形象に対戦相手の文字だけが、あらわれた。南軒心。へんな名前。ゴチックの立体を、友だちとよくいく美術館のオブジェ作品として、ぼくは鑑賞していた。「心」の文字に登って戯れ、二画目のハネに立ってジャンプすると四画目の点に触れた。三画目のもういっこの点ははるか高い。「届かないなー」。もう何年もひとにみせていないような笑顔がとびだした。一瞬だった。起きたらもう十一時で、ぼくはロードワークにでた。足が重くて、スプリントに速さがでない。それでもいつもの理想のランとスプリントの距離一対一を心がけた。家にかえってはじめてウメキチの弁当をあけた。おにぎりいっこ、レバニラ、オクラと長芋、根菜の炒《いた》め、スペースのはんぶんはチキンステーキだった。

おにぎりには弁当屋のラップが巻いてあった。

「出来合いじゃん」

ぼくはひとりでつぶやいた。ただ買ったものを弁当箱につめているだけ。てづくりだとおもった自分が心底ばからしい。レンコンがきらいなので棄てた。

レンコンはきらいだ、とウメキチにメッセージした。返事はなかった。しかしこれ以降の弁当からレンコンは消えた。試合まであと二ヶ月半。リミットまであと九キロ。

「セックス禁止とか、あるの？」

ときかれ、ないけど、と応えつつ「でも彼女いるひともけっきょく試合まえはあんましない。するひとはとことんするけど、全体的には減る傾向かなあ。あんま丁寧にできないし、体力もなくなるから物理的にできなくなってくるんだよ。タンパク質の摂取量が減ると欲望そのものもおちがちだし、免疫《めんえき》もおちてるから裸でずっといるのもよくない……」。

二週間追い込みの練習をつづけて、疲れはて、ようやくのレスト日だった。減量の効率をあげるためのチートデイでもある。からだを騙《だま》すのだ。一週間に一日、普段の数倍ものカロリーを摂取して、翌日からまたもとに戻す。そうするとからだは高カロリーを予測しているから足りなくてあせる。そうして効率的に体重をおとしていく。ぼくの場合目標六〇〇〇キロカロリー。会長にステーキをおごってもらい、米もひたすら食い、朝からコツコツケーキを食べている。六〇〇〇キロカロリーのハードルがぼくには意外に高く、翌日の飢餓感も半端《はんぱ》ないので一長一短だが、ウメキチの指示で行っている。胃が重い。しかし肉をたらふく食った幸福感、ふだんはそこまで欲していない砂糖の味が脳にしみついて、麻薬めいた効果がつづいていた。意識がずっとさざめいている。

「そっか、わたしたちも、ふつうのガールフレンドにもどろうか」

全裸でうつ伏せになりながら、ぼくはふふふと力なく笑った。わかっている。もうすぐわかれる。試合前のボクサーの情緒に、付き合わせる覚悟はない。それでも、淋《さび》しくて死にそうだった。死んでもいいと、生きる能動がないのに淋しがるよゆうが、おまえのどこにある?と問いかけるぼくは、未来を予言した。きてと頼んできてくれなかったらメッセージでキレるだろう。電話で泣くだろう。彼氏と別れろと迫るだろう。射精はしたくないけどそばにいてと甘えるだろう。それでも我慢できずにヤっちゃって、射精直後に「かえれ」というだろう。試合を観《み》においでといったり、観にくるなといったりするだろう。チートに重い思考で確信する。

明日にはわかれてというだろう。

ぼくはダルいからだをモゾモゾと起こして、背中をむいて眠りかけていた彼女に抱きついた。ありがとうのきもち。素直に、ヤらせてくれてありがとうのきもち。

「どしたー」

といって、あたまを撫《な》でてくれる。

「こわい」

吐露した恐怖に、それほどの切迫が伴っているわけではなかった。ただ今はボクサーのステレオタイプでいたかった。

「心くん、あ、今度の対戦相手、マジでパンチあるから。またKO負けかな？　もう壊れてもいいはずだったぼくの脳は、どうしてまだこんなにもこわいかな？」

「ウン、ウン……」

ときいてくれる、相槌《あいづち》がこんなにいとおしい。だいじょうぶ、とはいってほしくなかったから、「だいじょうぶって、いわないで」といった。ただ相槌機械で、いまだけはいてほしかった。彼女は正面をむき、胸で涙を吸ってくれた。おかあさん、と心のなかでいう。ボクサーになって絶縁された実家を、しかし恋しいとおもったことはまだない。

「こええ、こわいよ。こわいんだ……」

ひとしきり泣きごとをいって寝た。翌朝には予定どおり、わかれて、といった。もうボーイフレンドごっこには飽きた。練習に集中したいから、もう消えてくれ、といった。

彼女は怒り狂い、ぼくの胸や腹を、肩を、打った。

「スゲー威力。マジメにボクシングすればよかったんじゃない？」

といい残し、ぼくは走りにいった。チートデイ明けの無茶苦茶な空腹。飢餓感は純然たる痛みだ。走りながら、脇腹《わきばら》がさしこんでたびたび蹲《うずくま》った。彼女のパンチもふつうに痛かった。利いた。ぼくはボクサーなのに。けど走る。痛む。蹲る。まだ走る。空腹が痛い。痛い。痛い。

ウメキチのパンチを食う。脳に、鼻柱に、腹に。痛い、壊れてゆく。加減はされているが、充分に記憶が弾ける感触がある。試合中の記憶が。打たれた記憶、利かされた記憶。立てないとわかった瞬間は限りなくゼロに近いがゼロではない。試合を終えたのはジャッジではない。ぼく自身だ。ぼく自身の意志だ。ひどいダウンをする。

「おい、立つな」

スタミナをつける練習、体重をおとす練習、本番に勝つ練習、そのすべてを並行して行っていた。どれも重なっているけれど微妙にずれ込んでいる。スパーのあとにサーキットをやる。それだけで微妙にイヤなきもちでスパーに入る。そういう日がもう二週間つづいていた。

「立つなって」

立ったは立った。しかし腕があがらなかった。でもスパーを再開したい。ガードを固めた状態で、やがて崩されダメージより精神力より体力が削られて、どんどん生命が脅《おびや》かされる体験を、もっとたくさんの時間していたい！

友だちが川を浴びながら映画を撮っていた、あれでおもいだした。ボクサーでしかありえない情緒がそこにある。血で濡れたiPhoneがそんなにだいじか？　だいじなんだろ。わかる、わかるんだ。生命力が尽きかける、意識が削《そ》がれる一瞬にも一発のパンチを返したい、一秒長くボクサーでいられるなら一生を捧げても構わない、そんな毎秒がつみ重なって命が矛盾するんだ。まだまだあのころの試合勘が戻らない。全能感が空を裂く。ほんのちょっと動くだけで世界を変えられる気がした。何年も味わっていない感覚。自分ばかりが変わっていくのは辛《つら》い。

自分じゃなく、世界を変えたい。自分の目のレンズを濁して世界を修正するのはもういやだ。

「詰めろ」

ラウンド残り十五秒。ウメキチはぼくの声に応えてコーナーに追いこんでパンチをまとめた。ぼくはガードを固める。もうすこし、あとすこしだけの時間を耐えれば、一発はカウンターのアッパーが狙《ねら》える。

いまだ、とおもえたその瞬間に空いていたボディをもらい、くずおれた。アッパーを狙っていた能動がそのまま自分のダメージになってかえってきた。蹲って丁度スパーがおわると、すがすがしい苦悶《くもん》で脳がしびれた。

腹が利いたまま感想戦。胴がのびない。それでも、さっきの三ラウンドで起きたことを再現するように、パンチを交錯させてゆく。

「おまえ、ムエタイみてるか？」

「みてる」

「おまえ、クリンチがへたくそだろ？　ムエタイの首相撲を参考にしろ」

クリンチ際《ぎわ》にパンチをまとめられた場面を省みているときに、ウメキチがいった。うすうすウメキチが特殊なクリンチ技術をつかっていることはわかっていた。どういう原理かわからないが、ウメキチのクリンチにあうとからだがながれてしまい、そのせいでテンポがすごく乱れる。打ち込まれて下がらされる。

「上から頭を下に押さえつけて、脇を締める。そうすれば首相撲なれしていないボクサーは足がながれる。あとで首相撲の練習やろうぜ。公園で。体幹トレとしてもいいぞ。ボクサーは肝腎《かんじん》なとき脇がひらくからな」

「反則じゃない？」

「反則じゃない。おれもやってる」

マスパーを終え、サンドバッグで追い込んでからサーキット、足がガタガタな状態で公園までダッシュ、そこで首相撲。きょうは二三人の子どもが滑り台で遊んでいたから、隅の隅で首相撲を教わる。緑の濃い風のにおいがした。

「おれも友だちにキックのジムで一回教わっただけだけど」

といいながら、コツを教わる。両手で相手の後頭部を包み、「ぐっと真下に引く。膝《ひざ》を叩《たた》き込むつもりでな。実際には膝をあげたらいかんぞ」。

それだけでぼくのからだがぐっと前に泳いだ。この状態で横に入られワンツーを打たれたら、確実に利かされる。

「あとは、横にふる。横にふったら、おまえならフックをうちおろしぎみに打ったり、アッパーを狙ったり、いろいろできんだろ？」

「わかった。ずるいな」

「これはな、めちゃくちゃスタミナ温存になるぞ。クリンチ際の押し合いでどんだけムダなスタミナをつかうことか」

それで首相撲を三十分。

「相手の内側から手を差し込むのが重要だ。内側がとれれば勝ったようなもんだからな」

何度もウメキチに転《こ》かされる。ウメキチはたのしそうだ。充実した表情を上気した頬に灯《とも》している。子どもたちがとおくで真似《まね》していた。相撲かなにかと勘違いしているらしい。木漏れ日がウメキチの首筋を斑《まだら》にした。世界が変わっていく。

ジムに戻ってさいごにボディ打ちをやり、ストレッチを長めにとる。そのさいちゅうウメキチに呼ばれ、「おまえ体重あと何キロ?」という。

「七キロす」

「優秀だなあ。チートの効果かな。おれのときはいまいち効果がわかんなかったけど、おまえには合ってんのかな?」

「や、トレーニングも前よりハードだし」

ぼくの顔はいつだって傷だらけだ。痣《あざ》やこまかい切り傷が花火のように頰に散っている。目が赤黒に腫《は》れている。

「なあ、おれはやっぱノーギアでのスパーは反対だよ」

「なんで？　ビビる？」

「ビビってねえし。ダメージが試合当日に残る気がしてきたんだよ」

「したらそれまでだ」

すると、横でぼくたちの会話をきいていた古株の会員さんが、「おい、トレーナーにタメロかよ」といった。ぼくは睨《にら》んだ。普段ならすんませんといって無視しているが、いまはどんどんピリピリしている時期。

「いいんすよ！」

ウメキチがいう。たったそれだけ、それだけで会員さんが、「でもおまえ最近頑張ってんなー」と賛辞までおくってくれる。

「チケット買うから、絶対勝てよ」

という。ぼくは頭をさげた。自分で営業活動をがんばらないので、ジムの広報力にすべて甘えている。会長の人望でぼくはファイトマネーをえているようなものだった。

人間関係。

くそくらえだ。ぼくはボクサーだから、ボクシングでぜんぶかたをつける。勝ちつづけたいなら、感謝が要る。気づかいがいる。心根からの、配慮がいる。だけどぼくは、次が闘えればもうそれでいい。だれも観ていなくても、ボクシング界がどうあろうとどうだっていい。いまはただただ技術と向き合いたい。

「いまの練習形式は止《や》めねえよ。さいごまで付き合え」

人格が完全に変わっていた。いつも試合前に飼っていた人格を、ウメキチにさらけだしただけだ。

「おまえ明日明後日《あさって》ジムにくんな」

「は？」

「レストいれろ。それが交換条件」

「……」

「おれだってつかれてんだ、な、こう頻繁にスパーしてさ。ちょっと休ませろ」

不服ではあったが、となりの会員さんが、「試合前に休めといわれるなんて、立派なボクサーになったなあ」といった。戦績はボロボロなのだが、そうか、いまぼくは、「ボクサー」にみえているのか？

「わかった」

「そのまえに、ロードワークつきあってくれない？」

なんだかいやな予感がしたが、ウメキチの目がやけに切迫していたので、「かるくな、もう、一回走ったんだから」と応えた。

「おまえ、まえにジムにきていた女にちょっかいだしたろう？」

走りだして五分、ようやくひとのおおいジム周辺の中層ビル街を脱したあたりで、ウメキチはそうきりだした。ぼくは無言で応答した。こんなとろいペースのランは、ボクサーならなにか話したいときにするものだと、経験からしっていた。ウメキチがペースを握る速度は、ちょうどボクサーが淀《よど》みなく呼吸と発声をおこなえる速度だった。だから、なにかいいたいならはやくいえよ、とぼくはおもってしたを向いて走っていた。

「そんときは、ふうんとしかおもわなかった。あとで、おまえが女のこのフードになんらかの紙をいれたシーンをおもいだしたんだ、したらなんか……複雑な、いまでも整理ができてないんだが、いわくいいがたい、きもち？　感情ともいいがたい、つめたいようなあついような？　温度ともいいがたい、胸のうちの、なんというか情動みたいなのがあって」

ものすごくとろいペースのランは、橋にさしかかった。ぼくは無言で川をみる。ぼくは減量で相槌をうつ労力もおしく、沈黙でただそこに、からだだけでいた。自分の足音に耳をすませている。

「さいしょは、コイツ敗けたばっかなのに呑気《のんき》だなっておもった。そうおもったつもりだった。けど、あとで訂正した。おれも敗けてからぜんぜん試合がきまんなくて、一回試合が相手の棄権でながれたりして、なんなんだよって心境だった。おれがいちばんボクシングにすべてを賭《か》けてるつもりでいた。べつにそれはいまも、かわったわけじゃない、でも、おまえがフードに紙を入れているシーンをなんどかおもいだしたけど」

そこで信号につかまり、ぼくとウメキチはとまる。ウメキチは息があがっていた。噴きだす汗をシャツの腹で拭《ぬぐ》い、くるしんでいる。ゆっくりなペースのロードワークでなく、ぼくにむけた饒舌《じょうぜつ》でなく、なんらかの記憶にさいなまれた呼吸なのだと、わかった。

「すごく嫉妬《しっと》したんだ。ボクシングにむきあえてないのはおまえじゃない、おれだとわかった。理屈じゃない。くるしかった。練習に精一杯でボクシングいがいに生活をつくらずにいた、けど勝手に自分とおなじだとおもってたおまえが軟派だったからさ、くるしかったよ。なんでだよ。よくわからん、けど、間違ってるのはおれだってすぐわかった」

ふたたび、走りだす。ぼくはウメキチの告白など、信じちゃいなかった。ひとの感情なんてすぐかわる。記憶も。もしつぎの試合でぼくが敗けたら、ウメキチは記憶をねじ曲げる。勝ったとしても、どんどん記憶は物語をうんでもとの姿に戻れなくなる。

けど、目のまえのウメキチは呼吸があらい。

やがて止まり、「おれのボクシング人生を、いったん止めたかった。ビデオのストップボタンみたいにな。それがおまえだ」とウメキチはいった。

ふりむくと、ウメキチは膝に手をあてて完全にバテていた。ださい、とぼくはおもった。

「わかったよ。てか、わかってたよ」

ぼくはいった。走るからだのときはたちどまるとリズムをとり戻すのにすごく感情の消耗をともなうから、走り止めないで欲しかった。

「しらんよ。そんなのことばにされても。うそっぽいよ。ついてきてよ」

ウメキチはなかなか呼吸がもどらない。

「先いくから、あるきながらでいいからついてきてよ」

ぼくは走りだした。しかし、先ほどまでのごくゆっくりしたペースよりもっとずっとゆっくりで、ウメキチが追いつくまで待った。ウメキチはあるきだすが、しかししたを向いている。記憶が息を削ぐ。なにがウメキチのからだを苛《さいな》んでいるのか、ぼくはしりえない。しかし、こんなのはきょうだけにしてほしかった。

ぼくは迂回《うかい》してウメキチの背後にまわり、背中をおす、小学生の体育みたいな雰囲気になり、大人なのに、こんなことをしていてはおいていかれる、となんとなしにおもった。川原でランニングする市民より、よほど愚鈍なペースで走るプロボクサーふたり。しかし、遅く走るべき日は遅く走るのが、プロってもんなんだ。そのときにぼくはわかってしまった。

「ほれほれ、走れ走れ。バカ。あまえんなよ、マジで」

「うるせえなあ、走るよ、愚痴ぐらい、いわせろよ」

「試合終わってからにしろや。そんな、一時の感情でさ、走れないなんて、ださいよ。トレーナーはだまって試合前のボクサーを崇拝してりゃいいんだよ」

「なんだよ、尊大だな、ああ、なんか口のなか、血のにおいがする、まったく、もう……」

夕方がまぶしい。こんなペースでは脈も速まらなければ汗もでない、けど、あんしんしていた。

理屈ではわからないぼくのボクサー的心象風景が、すこしだけ安穏としていた。どうしてかわからない。ウメキチのボクサー的風景と、シンクロしたとしかいえなかった。ぼくはたんたんと走りながら、そうか、ウメキチはボクサーとしての自分しかなかったんだな、と得心していた。ボクサーが膨らませんとする円の外周に、ボクシングはぴったり追走してくれるか？　裏切られるにきまってる。どんなすぐれたボクサーも、さいごにはボクシングに裏切られて、そうしてボクシングをやめる。それが才能というのの残酷さだ。そこからは無言をつらぬきとおし、四十分。後半にはウメキチが勝手に元気になり、ぼくをさしおいてスプリントをとばしだし、みえなくなっていた。人間関係、面倒くさいなあとおもった。人生。

「ただのレストじゃねえぞ。ロードワークとストレッチ以外はよこになっとけ。でも十五分以上は昼寝すんなよ。夜寝られなくなるから」

なにもすることがない。これが苦痛だった。試合が決まるまえ、夜の公園で苦もなくできていたことが、もうできない。短期間で試合前ボクサーの細胞がこんなに蠢《うごめ》いていたのかと感心した。寝すぎて頭痛がした。しかしこれがダメージの蓄積なのかもしれない。ギアもなしにウメキチのパンチを食らっている。しかし体感的に、ギアと重いグローブありでもらうダメージと、そんな違うかなと疑問をもっていた。むしろ緊張感をもってパンチをうけ、視界も拓《ひら》けた状態でそこまでバチっとしたダメージを食うことも減っていた気がした。しかししんじつどうなっているのかはわからない。

対戦相手の心くんは、どうやらSNSらしきアカウントも観賞用、人付き合い型らしくリプライ以外のつぶやきはすくなかった。写真や動画系資料もなく、ウメキチがどういうルートでかわからないが落手していた二戦ぶんのDVDがあるのみだった。ウメキチはたまたま行っていたホールの試合で心くんを観たことがあるという。

「名前を聞いたときはピンとこなかったけど、ビデオを観たらすぐおもいだした」

というウメキチは、いまではビデオの中の心くんそっくりの動きかたをする。

記憶力をふくめたそういう特殊能力があることはしっていたが、まさかここまでの才能とは。それでも、六回戦でなかなか勝てていない。

心くんは愚直に前にでるボクシングだ。ラウンドインターバルでのトレーナーの指示にも、表情がみえないくらいとおくで撮られた映像にもかかわらず返事がききとれた。ぼくはその育ちのよさそうな性格に嫉妬した。ボクシングスタイルに自分のすべてを託せるなら、どんなにしあわせだろう。でもぼくらはまだそこまでいってないよな？　心くん。一本は倒された試合だった。いいジャブを連弾され焦《あせ》ったところを、強引に詰め、打ち終わりにきれいにフックをもらって倒れた。立てるかな？とおもったが立てなかった。はじめてみたときは、心中でがんばれ！とつぶやいてしまっていた。二本目は倒した試合だった。中間距離で無理しなくなり、ガッチリガードを固めてワンツーで足がながれないようになっていた。相手は一ラウンドからガチャガチャ打ってくるイヤなタイプの典型的な四回戦ボーイだ。三ラウンドまでは我慢して、ポイントでとられているところを起死回生の左フック。相手はすでにへばっていた。それでも立ってきてえらい。キッチリ詰めて、あとはこれというパンチもなく連打のなかで押されるようにダウン。ストップ。おもいがけず心くんは喜び爆発させ、破顔してトレーナーに飛びついた。トレーナーは抱き止めたが、共倒れせんばかりの勢いだった。否応《いやおう》なく、好感をもってしまう。これはやさしさなんかじゃない。「やさしすぎる」と素人《しろうと》に弱点のようにいわれるような生ぬるい感情じゃない。うまくいえない。

パンチはあり、詰める速さと決断力はあるが決定打はない。ロードワークを終え、薄ぐらい部屋でストレッチをする。汗をかいたので窓を開けると、日に日に生長しているかのごとき木が部屋に入ってくる。そのうち窓を破られるんじゃないか？　ルクスもどんどん減っている気がしている。ふとおもいついて友だちに、

……なあ、おまえの映画、おくってくれない？

とメッセージした。

風がつめたい。もう冬だ。試合は十二月九日。あと一ヶ月ちょっとしかない。しかしバイトがないこの時期に、五ヶ月のインターバルで試合を組んでもらえたのはありがたかった。丁度相手ジムメインの興行の日で、バンタムの相手を探していたという。選手に甘いマッチメイクを組むタイプのジムではないので、噛《か》ませ犬意識などはないとおもわれる。

ストレッチを終え、ひたすら天井をみた。寝てはいけない。ウトウトしそうになったら、水をのんでトイレにいく。むりやりにでもそうすることで、なんとか眠気に耐えた。チョロチョロしかでない。

友だちから映画がきた。意外なことに、九十分もある。ちゃんと編集してるんだ、ということに驚いた。こないだの受賞の報《しら》せはほんとうだったのかもしれない。だとしたら、友だちの才能をよろこべないぼくは最低だ。べつに最低でもよかった。

映画は、前回の試合がきまったあと、いっしょに夜の海をみにいった日からはじまっていた。ぼくらは波の音のなかで、なにか会話をしている。おもった以上にききとれやしない。月が表情をかろうじてうつしていた。友だちのカメラの前でぼくは、とてつもなく自信なさげな顔をしている。こんな表情をいつもみせているのか？　やがてシャドウをはじめた。ものすごくぎこちない。照れている。いつの間にかウトウトしていた。ハッと起きてトイレ。うすぐらい部屋。

「青志くんはやさしい。ボクサーのやさしさは破壊神のやさしさだ。観客は倒されたボクサーをみて、がんばれと叫ぶ、そのときには逆転の夢をみている。自見おろしている勝ち誇ったボクサーの人生を、壊しちまえよ、と願ってる。自分が応援していたボクサーが勝って涙する感受性は、相手のボクサーの人生を狂わせてやった想像力が一ミリでもはたらいてないといいきれるか？　そういう感情は、ぼくと青志くんがふたりでぜんぶひきうける。ボクサーのやさしさはそんなこんなでできている」

といっている。ぼくの声、へんだ。きもちわるい。これは他人だ。だけど、友だちの質問と、友だちのiPhoneだけがぼくをぼくだと証《あか》している。

「破壊の夢は、再建の夢か？」

「は？」

「破壊され尽くした世界をもういちど修正してつくりなおす神様のような夢か？」

「意味わからん」

わかれよ。そうだ。そうしてボクサー的世界を毎回破壊して、一からつくり直さなければ次は勝てない。ボクシングは練習も本番も相手ありきのスポーツで、けして孤独ではない。むしろ、群衆のなかを揉《も》まれるようなストレスが常にある。トレーナーとの関係性を、相手との関係性を、毎回毎回見直さない限りには勝つことはありえない。それを随分怠っていた。そうだよ、といまなら応える。あいまにどこでみたかもおぼえていない子どもの写真展の作品がさしはさまれている。ソファーに斜めにもたれて、顔を傾《かし》げながら口を開いている少年。

「これは、大人の目でシャッターを押してないな。子どもどうしの目でレンズと向き合えたときにだけ、シャッターがおされている。或《あ》るいは、カメラマンがそこにいない。この部屋にっていう感じじゃない……世界の外から押されたシャッターみたい。どうやって子どもとレンズがこんな友情をむすべたんだろう?」

と友だちはいっていた。映像は写真にピントがあっている。とうとつにシャドウの映像。こんどは随分サマになっている。おもいだした。試合の一週間まえ、本格的なレストに入る前で、この日ぼくは疲労のピークにあった。それなのにあと四・五キロおとさなきゃならなくて、シャドウに映画的本気をだしているのだ。初夏なのにぜんぜん汗もかいていない。どうやって体重をおとしたか、もうおぼえていないが、ずいぶん無茶をしたのはあきらかだ。はやくから水も抜きつつの減量だった。たった四ヶ月前なのに記憶があいまいなのはそのせいかもしれない。

ふたたびウトウトしていると、映画が終わっていた。ハッと飛び起きて、夜のランにでる。ダッシュはしない。ひたすら汗をかくため、よく眠るためだけのラン。そうしてウメキチの指示どおり長めにふろにはいり、大声でうたった。壁がうすいからとなりに丸ぎこえだろう。

それで眠気をさました。そしてストレッチを入念に。食事は朝の弁当だけでもった。十一時にカーッと寝、翌朝十時まで目がさめなかった。夢もみなかった。二度寝すると、夢に心くん。夜のコンビニでふたりエロ本を読んでいた。

「ゲーッ、たってきた」

心くんスケベだな。語彙《ごい》から判ずるに、中学生ぐらいかもしれない。

駐車場の車止めに腰かけて、ひたすらページをめくる。

「写実的だね」

とぼくはいった。

「はあ?」

「この夢」

といったあたりまでおぼえている。写実的というのは友だちが前にいっていたのをおぼえていて、しかしまだ正確な意味を体感できていないあやふやで朧《おぼろ》気《げ》な語句だった。しかしいま理解した。たしかにいまの夢は写実的、友だちの映画のコラージュ加減とほぼおなじようだったから、夢にしちゃ随分写実的。

パソコンをみると、友だちから追加の映像が送られてきていた。まずロードワークにいき、ストレッチをしてウメキチ弁当。おにぎりは三分の一になっていて、レバーと鶏肉《とりにく》いがい野菜とキノコがちょっとずつ入っているだけだった。くるしい。

しかし、まだたべられているほうだ。一食にしてからのほうが、飢餓感はだいぶんうすまっていた。映画もあるし、いがいに時間をもて余すことなく過ごせそうだ。十五分おきに水をのんで風邪を予防し、散歩にいきたくなったらマスクをした。人生。たのしいかも。からだが休まって、ただの散歩がまるでジェットコースターだ。風が、川が、工場の煙が、家々が、マンションが、お店が、まるでエンターテインメントだ。

おもいがけない余裕と感動が込み上げて、あるきながらボロボロ泣いた。しかしこういう情緒の乱れがあらわれるとどうしても試合後のことを考えてしまう。ファイトマネーも貯金も丁度尽きるのがそのころだ。たとえ試合に勝ったところで、しょせんなんなんだ？　なあ、心くん。前回の青志くんはSNSでの発言から居酒屋でバイトしていることをしっていたが、どうやら試合の前々日までシフトが入っていることをしってしまって暗澹《あんたん》たるきもちになった。きょうび、一昔前みたいにボクサーだからといってバイトを休めないし、アマチュアエリートのつよさもバイトに体力を削られず質のたかい練習を積めているせいではないかと、勘ぐっていた。でも青志くんはそんな僻《ひが》みを感じさせない、バランスのよいボクサーのからだをしっかりつくってきていた。スタミナの充《じゅう》溢《いっ》した、酸素のいきわたった肌。そうだ、前回はバイトのストレスでどうにも体重がおちにくかった。休憩室で皆気をつかってくれたけど、それでも弁当の空き箱は目にはいるし、なにより煙草《たばこ》がキツかった。ホールも休憩室も副流煙を吸っているのか副流煙をだしているのかもわからないほどもうもうとしていた。パチンコ屋で働いているのだから吸いたいひとは吸えばいいと割り切っていたはずだった。条件は青志くんもおなじだったのに、ぼくはぜんぜんボクサーじゃなかった。そういう意味では、今回がどれだけ恵まれているかわかる。

生きることを考えるのは一旦《いったん》止めなくては。どうやって生きずして勝つか、ということに集中しなきゃ。じんわり汗ばんだところで家にかえってタオルで拭《ふ》き、着替えて映画のつづきをみる。まだまだ一本目もウトウトしてしまい通しでみれていなかった。

試合三週間前、疲労と減量のピークが丁度きていた。体重がおちにくく、チートデイ明けでからだが重い。飢餓感と筋肉痛でからだじゅうがいたい。筋肉のみならず、内臓、皮膚までもがビリビリする。腕をほんのすこし伸ばすだけでもいたい。一日ひたすらバイクを漕《こ》ぐかるめの減量日を挟んだが、やけに筋肉痛が残っていた。リミットまであと六・五キロ。

折しも他ジムでのスパーリングの予定がはいっていた。まだライセンスをとっていないふたりのプロ志望とともに、電車で四駅を揺られて夜にむかう。だれにも話しかけられたくなく、ひたすら下をむいていた。ウメキチが時おりポンポン背中に手をおいてくる。触んじゃねえとおもっているが、これがないとさらなる飢餓感と孤独感に苛まれることもわかっていた。空腹は心の飢餓だ。からだは痛むだけだけど、たらふく食っているであろう他人を疎《うと》み、気をつかわれてどうしようもなく情けなく、申し訳ないの好悪《こうお》の感情がいりまじって内に内に閉じていく。かといってトレーナーに減量につき合ってほしくなどない。放っておいてほしい。きちんとやるから。信頼のシステムを起動して、背中の体温でわかってるとつたわっている。でも苛《いら》つくは苛ついている。

相手は格上だった。六回戦だ。ジムの方針でいつも試合前のスパーは格上と組まされる。それはそれでいいのだが、いまの体調では不安しかない。ギアと重いグローブでスパーするのも久々だった。

夢で心くんと喧嘩《けんか》した。いつも出稽古《でげいこ》にでむくジムはトレーナーが現役時代に所属していた老舗《しにせ》で、用具のすべてに威圧される。サンドバッグの布感やシングルボールの故障を補強するガムテープ、中綿ののぞくミットなどをいつも怖《おそ》れている。ボクサーという存在がここではあまりにも普遍で、自分がボクサーでない、ボクサー未満であるような疎外感《そがいかん》で空腹も紛れる。はやくスパーしてしまいたい。心くんはなぜだか怒っていた。「絶交だ」といわれた。ぼくも「絶交だぞ」と応えた。なにでそんなに揉めているのだろう？　ぼくには他人に本気で「絶交」だなんていった経験はない。そんなに他人と仲よくなった経験すらない。

プロ志望ふたりはいいスパーをした。プロを相手にそれほど気が負けずに打ち合った。これなら今年じゅうにプロテストをうけるのかも。でもな、ライセンスでプロになった実感なんてもてるのはほんの一瞬、あとは他人にそれとなく自慢できるだけで、リングで敗《ま》けたらその自信はそっくりそのままダメージとなってプライドを折る。プライドを捨てても毎日練習できるのがプロなんだ。そうだよな、心くん。と心で話しかける。心くんは「そうか？」と応えた。

「おれはプライドだけでプロを名乗るぞ」

スパーがはじまった。拳《こぶし》を合わせて一歩左にステップするだけでわかる。あれだけアップの時間があっても、いつもゴングが鳴るまでわからないのはなんでなんだろう？　きょうは悪い日だ。悪日は悪日なりのスパーをしなくては。五ラウンド、我慢のスパーだ。

とりあえず一所懸命頭をふり、相手のスポットに入らないようにする。距離がとおい。心くんと、心くんモデルのウメキチよりほんの数センチが入れない。ウメキチの指示どおり後傾ぎみにスタンスをとって、出入りをしっかり意識する。入れるときはしっかりガードを固めて入る。ジャブのスピードはそれほどでもないが、ジャブの引きに合わせて入れるような技術もないし、相手はジャブから引ききらずにそのままフックを返すパンチがあったので、タイミングだけで入るのは危ない。フックをちょいちょいもらいながら、視界がいつもより狭いので深くダッキングしないとフックがギアをかすめてからだがながれる。あたまの曲線で舐《な》めるように擦れない。からだがながれるとすぐさま詰められて、コンビにも隙《すき》がない。さすがの六回戦。

「クリンチ！」

ウメキチの声がきこえた。ウメキチのいうクリンチはもはや首相撲の意だ。頭をとって、左右にながす。体感的に、ふつうに押し合うより十分の一もスタミナをつかわない。そこにワンツースリーをアッパーとフックでむりなくまとめ、反撃がくるまえにさがる。そこで一ラウンド終了。

「オーケーオーケー。ポイントイーブン」

そんなわけねえだろ。圧倒的に手数をとられて九にきまってんだろ。

「うそこけよ。ボケ」

と怒る。ウメキチはハハハと笑った。
二、三ラウンドもだいたいそんな感じであまり締まりのないスパーになったが、ぼくのスタミナが切れはじめ、じょじょにクリンチもよまれ、距離もよまれ、ストレートの押し込みもよまれ、危険域に追い込まれるか、逃げきれるかの駆け引きに突入した。こうなったら、フルマーク敗けでも逃げられたら勝ちだ、とおもいはじめた四ラウンド、やはりつかまった。クリンチ際でおもいきり押され、手をいれようにもからだごとぶっつけられて、アゴがあがったところひどいフックをもらった。視界が外れたとこにボディ、ここで足が利《き》かなくなって、ダメージを逃がせなくなったところでワンツーフックストレートをぜんぶもらった。ダウン。カウントセブンで立つ。

「やるの?」

相手側のトレーナーにきかれ、「もうワンダウン」と応《こた》えた。倒される気満々だった。四ラウンドはまだ二分以上も残っている。ダウン後も足はまったく戻っていなかった。まっすぐさがる以外はできず、しかし頭をふることに徹したので三十秒ほど凌《しの》ぎ、コーナー際のまぐれでアッパーが当たった。しかしいまひとつパンチに肩が入らず、相手の視線は動かないままフックフックストレートでまたひどいダウン。文句なしのストップがかかった。

タオルをあたまにかけて、ジム内をうろんにあるきまわる。ピリピリしていた。ウメキチがプロ志望のミットを教科書どおりにもってやり、ぼくはひたすらダメージを抜くべくウロウロしていた。黙ったままですこしだけシャドウをながして、てきとうにストレッチ。疑念であたまがいっぱいだった。いまのトレーニングでいけるのか？　きょうの動けなさは異様だった。いやしかし、疲労ピーク時の記憶なんてろくに残っていない。いつもこんなもんか？　ぐるぐるした。もはや季節も風も、嗅覚《きゅうかく》も視覚もなにも働かない。痛みも消えていた。これが純然たる不安だ。不安以外のなにもない世界。

こんなに弱いボクサーが、世界中どこにもいるもんか。

かえりみち、気がついたらウメキチがじとじとついてきていた。ストーカーめいた足音に、ぼくはすっと家の近くの公園に入った。ウメキチも入ってきた。ファウルカップとヘッドギア、グローブが数セット入った半透明のゴミ袋をサンタクロースのように抱えて、そのシャバシャバとかさつく音が心底から腹だたしい。

「ついてくんな」

ぼくは振りむかずいった。

「おまえ、ちゃんとわかってるか？　そんなに悪いスパーじゃなかったぞ。階級も経験も格上だったろう」

「そういうんじゃねえんだよ」

ぼくは叫んだ。敗けたら敗けた恥しさがある。情けなさがある。目標も達成できなかった。ぼくの足が止まったのは恐怖だ。恐怖で足がとられたんだ。それも恥しい。消えてしまいたい。ボクサーがボクサーであるだけで誇れるような、そんなスイートな世界に移り住みたいものだ。

「あとおまえ、ストレッチが雑だったぞ。また腰いたいだろう」

「うるせえ、痛くねえよ」

痛かった。腰というより、左の尻《しり》から足首にかけて痺《しび》れるように痛くて、さっきから引き摺《ず》ってあるいていた。ウメキチは用具のはいったゴミ袋をおいて、ぼくの足元にしゃがみこみ、ジャージ越しにぼくの左足首の側面を押した。ふだんぼくより七センチたかいウメキチの旋毛《つむじ》をのぞいて、「やめろよ……」といった。ウメキチは黙ってぼくの足首を丁寧に揉んでいる。

「膝伸ばして。立ったまま」

「お前のせいだ……」

おもわず口をついた愚痴に中身が無さすぎて、だからこそへいきでウメキチに自分の弱さを擦《なす》りつけた。

「お前のせいだお前のせいだお前の、お前の」

ウメキチは黙って足を揉んでいる。だんだん手を上らせて、搾《しぼ》りあげるようにふくらはぎまでつかんで離す。それをえんえん十五分ぐらいくりかえす。ウメキチの目がみえないことをいいことに、ぼくはお前のせい、を断続的にくりかえしながら、ボロボロ泣いた。泣くと悔しい気がした。恥しい情けない消えてしまいたいより、悔しいのほうが気分的にだいぶんマシだ。ウメキチの頭頂部に、公園の土に大粒の涙をおとした。地面が黒く濃くなった。途中からきもちがおちついていき、地面の黒いぶぶんがなるべくひとかたまりに広がるよう、ゲーム感覚にコントロールしてできるだけたくさん涙をおとした。

ウメキチが立ちあがると尻から腿《もも》にかけての痺れはだいぶとれていた。

「ありがとう……」

とぼくはいった。

「ふろ上がりと翌朝に、入念に伸ばせよ。どうしてもミネラルが足りなくなってくるからな、そろそろ」

弁当の中身もレバーひとときれとか、人差し指ぐらいのスティックおにぎりとか。アボカドひとかけとか。でも、試合前にこんなに泣けてスッキリした。

「泣くの、いいかも」

と、ぼくはいった。

「そっか。おれも次やってみようかな。罵倒《ばとう》する相手やってくれる？」

「やだ。あと、おまえ頭頂部からはげるぞ」

といったあと、ウメキチはものすごく不機嫌になった。こんなに感情が顔にでるウメキチをはじめてみて、申し訳ないきもち。夜に入念に腰を伸ばした成果か、翌朝しっかりロードワークに出られた。試合まであと二十日。

「おい、めしが多すぎるぞ」

残せばすむのだろうが、ここへきてざっとまだ八〇〇キロカロリーほどとっている。チートデイもふくんで、だいぶ食っている気がして、ボクサー的飢餓感が足りない。足りないに越したことはないのだが、これであと五・五キロ、しっかりおちるか不安になる。

「や、たぶんだいじょうぶ、水分をよくとってるし、いまは塩分を控えてるから、おれの目測で四キロは水だけでおちる」

「ほんとかよ」

「風邪をひかれて減量にも練習にも障《さわ》るよりだいぶマシだ。最終的に五〇〇キロカロリー一食にさげるから、これからが勝負だぞ」

水抜きといわれ、友だちにおくってもらった映画のワンシーンをおもいだした。前回はたびたびサウナで水抜きしながら減量コントロールをおこなったのだが、その一回に友だちがついてきてカメラを回していた。気が紛れてこっちはらくだったが、友だちまで水分をたったあげく鼻血をだして倒れてしまったので、たいへんに迷惑だった。

「減量……」

最終的に、うわごとのように、質問でもないつぶやきをカメラに囁《ささや》いていた友だちに、ぼくのうすわらいがボヤけている。熱気で iPhone をつつんだジップロックもくもって、「おい、だいじょうぶか」「返事しろ」というぼくの声が残っている。その度に友だちは、「減量……」とつぶやいている。

「究極のナンセンスだ、こんなの、炎天下の甲子園どこじゃない、即刻、止《や》めるべきだ……」

と、ふだんではありえないほどデリカシーに欠けたことをいいはじめ、そのあたりで真剣に心配になった。

「おい、もういいよ、スポドリをのめよ」

「おまえは？」

「ぼくはのめんよ」

「じゃあおれも」

「なんで？」

「減量……」

くりかえし。けっきょく友だちの足をもってサウナを出て、スポーツドリンクをのませ、万一のときのためにもっていた塩を口のなかにほうり込み、ついでにミネラルサプリをほうり込み、回復した友だちは水風呂《みずぶろ》でふーっ生き返るとかいっていた。

水抜きの連続で数値上は体重が落ち、いまごろ青志くんもがんばっているはずと順調な減量を行っていたが、試合九日前に熱をだし、追い込みの水抜きができなくなって最後の一キロをおとすのにひどい苦労をした。さいごの三日は絶食プラス嗽《うがい》もできなくなり、ありていのボクサー型壮絶に酔いでもしないとやってられないほどからだが衰弱した。ろくでもない減量をしてしまった。

それにしても今回は食いすぎている。しかしトレーニングを積めている成果か、精神的な安定の副産物か、一定のリズムで体重はおちていた。あとはウメキチとの練習が実を結ぶかどうかだ。ギアなしでのスパーではだいぶ手応えを得ていたが、出稽古ではボコボコにされた。ちょっとでも距離が狂うと修正できない。サウスポーとのミドルレンジ(なぜサウスポーといまさらスパーをせねばならないのか)では話にならなかった。開きなおってガチャガチャにくっついてしまい、むしろ優勢にすすめられる日もあった。言語化できる地獄に地獄はない。すこしずつカロリーを落としながら集中を切らせないウメキチとの日々は、確実に精神を削《そ》いだ。そのようにしてひととおりの練習を終え、試合前にひといきの安堵《あんど》と偽りの達成感がおとずれる。なんとか怪我《けが》も謎《なぞ》の不調もなく練習をおえられた。ウメキチは大仰な労《ねぎら》いや試合にむけた意気込み等をいわなかったし、いわせなかった。わかっていた。いままでやってきたことのすべてとリングの上で再会する。すごした時間をただしくふり返られる数分間を、穏やかな心でむかえたい。勝つシーンの想像だけが上手《うま》くできるほど呑気《のんき》に勝ててきたボクサーではお互いないのだから。

本格的な休養日。計画した体重がおちなかったときにだけジムにきてバイクを漕ぐよういわれている。しかしきっちり水抜きすれば、たぶんおちる。いまではウメキチを手放しで信頼している。試合が終わるまで。そのあとのことはそのあとでかんがえる。絶食期のことは絶食期にならないとわからない。おもいだしえない。記憶が壊れている。

夢のなかで心くんにあう。どんどん抽象度が増して起きたあとにスパッと忘れてしまう、描出しえぬ夢を、だれに預けよう。いつもおなじだった。計量後にてきぱきとリカバリーして試合に備える当日に、ひさびさにシネマ系の夢をみて、儀式はおわる。まだまだ水をのめている。この水分をたたえたからだを一気に絞っておとし、リカバリーですぐさま戻すのが、今回の目標でもある。さいごの一キロをおとすにともなう脱水症状で、いまよりだいぶながい一秒を何度も重ねて生きる未来がくる。ひとりきり、うすぐらい部屋で水をのみ、一気に記憶が、逆流してくるみたいにからだのすみずみにまでいきわたり、心がいきなり激した。その場にうずくまって呻《うめ》く。

試合がおわれば記憶から抹消されるのだが、涙のながれないぼくを泣く。部屋に丸まって、いつもの部屋だ。ルクスのひくい。部屋を泣く。ガーッとごろごろ転がり、部屋中にぼくをぶつける。毎回していることを、今回も規則ただしくわすれていた。それでも、「ボクサーの地獄」をパッケージされたぼくは幸福だ。正座でうずくまってくすくす笑う。呪《のろ》いがすごい。そろそろ将来への夢希望がすべて食物になってくる。肉になって、好きでもないラーメンになって、好きでもないスナック菓子になって、素うどんになって、炭酸ジュースになってくる。この順番はだいたいおなじ。心くんがそこにいるような気がし、うまい棒を与えてくる。「食べぇ」という、さくさくと噛んでいると、そこにいる心くんが実際にはであっていないはずの子どもの姿だったので、ぼくはぼくも少年の姿になっているとおもった。おなじ飢餓感に友情をかんじると、そもそも子どものころの姿のみならず大人の姿であうのも三日後がはじめてである。認識が壊れはじめて、言葉が分解されゆき、しかし断片はあるのだから、まだマシなほうで、あたまが不完全なことばで満たされれば、おかしな夢のなかみたいな現実が時間を伸び縮みさせていき、夜がふかまっていき、目をつむるとまっくらになっているが、実際には目をみひらいたまま部屋にうずくまっていた。そうして遅れて自分の狂おしさをしった。自分の認識よりだいぶ、自分がおくれている。フラフラしていた。記憶がことばを超越して、なまのかたちでからだにのしかかるみたいで、脂肪がない筋ばったからだがきしんでいる、おもいでが直にぶつかって、重力であたまがおもたい。

うう……

とうめくと自分の声がおもしろく、ほそった声帯でながくふかい息を声にのせ、うーと発声すると、反響する音が「敗ける」「敗ける」と囁いている、その語彙の乏しさに、「追い詰められるの下手かよ」とひとりごち、おもしろくて笑ったり、泣いたりをくりかえしていた。前回の減量よりだいぶ余裕があるのが、こうした思考の実感によって悟られるわけだが、それだけにどうしても勝ちたい。勝ちたいの欲が、夢が、胃を混乱させ、言語を吐かせている。いまなら、虹《にじ》のような表現でボクサーを、演じられるのかも？　友だちを呼びたい、ボクサーのリアルを記録してもらうならいましかない、けど、友だちの前で狂気を維持するのも、正気を演技するのも、おなじぐらいくるしい。

「ごめん、ごめんよ……」

といって泣く。いちばんボクサーのボクサーは切り取れない。すまん友だち。ソワソワと部屋をうろついたあげく、ウメキチに、

……これでリミット切れなかったら殺す

……試合三日前に四キロも残ってるなんて不安で試合にならんとおくる。おくってから後悔する気力もない。

……こんなに人格が破綻《はたん》していたなんて、はじめてしった。おまえのおかげだよ

とおくって、そのことばを噛み締めた。勝てば報われる？　勝ってもなにも報われない。それでも勝つ以外の選択肢はない。そうだろう？　心くん。

夜の窓をあける。木が爆発せん勢いで入ってき、緑のにおいが部屋じゅうに溢《あふ》れた。記憶が重なってはほどける。部屋にくらすぼく。ぼくはぼくをかえりみる。ライセンスをとった。木にみせた。木はさわさわよろこんだ。星がよろこんだ。リゲルとベテルギウスのあいだの距離が祝福。冬だった！　さむくてすぐ閉めた。初戦KO勝ち。いけるぞ！

でも木はライセンスのときほどよろこばなかった。だって、いつか敗ける日

がくるんだし……。そのように木にはぼくの記憶が宿っていて、デビュー戦のころのぼくの明日へのつよい希望が、ライセンスをとったころのぼくの濃密なよろこびの感情が、記録されていた。当時の記憶と、生長しつづけながらいつもそこにいた木とのあいだで、友情が結ばれていた。木はその葉のかたち、幹のひび割れ、皮の剝《は》がれ、枝の色あい、他の生き物との共生、そのありかたによって、ぼくがいまのぼくでないぼくを生きている可能性を、語っていた。この部屋でボクサーにならなかったぼくも暮らしている、初戦に敗けてボクサーを止めちゃったぼくも暮らしている、勝ちつづけて或いは引越しここにいないぼくすらも暮らしている、そのように木とぼくとこの部屋のあいだで、あらゆる並行世界がこのくるしい情緒のなかで、シャキッとした冷徹な想像力においてたしかに在るものとして、ぼくにはわかった。パラレルなぼくに想像力を託して、現実のぼくとはぐれたぼくに思考を任せた。そもそもライセンスをとらずボクサーですらなかったぼくは、ボクサーであるいまのぼくの現状を憂《うれ》えている。勝っても敗けても次が弱い。勝ちつづけないことには明日が薄い。そうしてべつの人生を生きることも可能だったぼくの言外に思いを馳《は》せることで、なんとか過去を、いまの自分の感情に接続することができ、それなしでは目の前の状況すらおぼつかないでいる。ボクサーの勝ったり敗けたりになんの思考が宿るべきか？　星はながれない。祈りもない。やがてあの日のぼくが敗戦処理を怠ったとき、すべての現実は描出された。明日も昨日も手放して、気がつけば試合当日だった。破壊された記憶の前にどんな壮絶があったとしても、雑に記憶をあつかったぼくは勝っても敗けてもダメになっていただろう。でもあの日って、いつからだ？　わからない。試合前の記憶を放棄したのは、いつからだ？　もう、日々を、積みあげる練習に傷《いた》むからだのことを、ボクサーとしての情緒の乱高下を、肉体の変化を記憶していこうとおもわなくなり、悔しさもよろこびも一秒後に繋《つな》げられなくなり、昨日をおもいだすことを止めたら、夢に対戦相手の形象があらわれて、それと戯《たわむ》れていればぼくはこれまでの自分の行いとむきあわず、日々をただ今のものとして処理することができたが、あの日ライセンスをとってよろこんだぼく、一勝をあげてよろこんだぼく、木はおぼえていた、ぼく自身が好んで忘れていたことを、そうしてただ日々を繋げてゆき、さらに青志くんに敗れる前のころのぼくは、濁った顔で濁った声で、自分の生きる記憶を一秒ごとブチブチ壊していた。その惨《みじ》めさが試合の映像で弾《はじ》ければ、映画のなかで再生される友だちの手の傷の連続写真があらわれるころに、だいぶ記憶が繋がった。前回の「うまくいっているふりをしたボクサー」の濁り。今回も心くんに敗けたら同じように、記憶がブチ切れる。そうだ! 失いたくない。記憶を。描出を。自分を失いたくない。友だちの映画に他人をみつけるようなきもちは、もう味わいたくない。

だから勝つ。

さっきまでの飢餓感の、減量の痛さとまたちがった穿《うが》たれたくるしみは、このくるしみだったのか。

だからといって、
……ごめん、ありがとう
とウメキチにメッセージを打って、敗けたらぜんぶ終わりだ。だけど、すくなくとも勝つ動機をパラレルなぼくに教わった。ありがとう、言外のぼくよ。いつも生きる術《すべ》をギリギリで提案してくれてありがとう、ボクサーじゃなかったぼく、ライセンスをとらなかったぼくのパラレルよ。
勝つよ。きっと勝つ。
そうしたら記憶をひからせてやるからな。
という決意を三十秒でうしないまたくり返す、三日後に一ラウンド一分三十四秒にＴＫＯであっさり勝つ、そのあっけない結末のためだけにこの夜をあと二回。

あとがき

小説を書き終えてから取材をすることが多い。それは小説が先だって「現実である」という認識を盲信しているからかもしれない。足場をたしかめたいという気持ちで人に話を聞きにいくことがある。
「1R1分34秒」という小説では、そのようにボクサーのコンディショニングについて小熊《おぐま》ボクシングジムの田之岡条《たのおかじょう》選手に多くを伺った。私のつたない質問に丁寧かつ誠実な回答を返して下さった田之岡選手の聡明《そうめい》さに助けられ、小説を完成させることができた。ほんとうにありがとうございました。

町屋良平

解説

町田　康

中原中也《なかはらちゅうや》という人は大変に勝ち負けにこだわり、自分は人に勝っている、ということを常に言葉で証明し続けないと生きていけぬ人であったらしい。

と言うと競争して他を蹴落《けお》とすのはあかぬ。やはり互いに助け合い、劣ったものも安心していきることができなければならぬ、という考えが優勢な昨今の人は、「あんな美しい人にそんな一面があったなんて」と驚くか、「そんなことはない。それは嘘《うそ》だ」と言って反発するだろう。

もちろんその人が「実際に」どんな人であるか、なんてことは、周囲の人間は言うに及ばず、当の本人にもわからない場合が多いから、嘘か真《まこと》かは誰にもわからないのだけれども、賢い人が書いた説明を読み、改めて詩を読むと、確かにそうだ、と思えるのもまた事実である。

そしてそれは中原中也が特殊なのではなく、人間にはそうして勝ち負けに拘泥《こうでい》する部分が宿痾《しゅくあ》のように存在するのだとも思える。

そしてさらに言うと、自らを省みても思うが、人間のなかでも特に男は勝ち負けに拘泥するように思う。なぜそうなるかというと、それは動物的な本能によるもので、勝った方が女性に好かれるからである。

と言うとまた、先ほどの、昨今の人、が来て、「いやさ、そんなことはない。粗暴で強いだけの男よりも、優しい男性、の方が女に好かれますよ」と言うに違いない。というのは確かにその通りで、粗暴な男は嫌われる。だけれどもその男はなぜ粗暴なのか。優しい男はなぜ優しく振る舞えるのか、ということを考えると少し事情は変わってくる。

どういうことかと言うと、優しさにはその根拠が必要で、その根拠とはなにかというと、それははっきり言って、強さ、である。

つまり優しい男というのは同時に強い男であり、優しくない男は正味の話、弱い男、なのである。だから、粗暴で強い男、というのは実は強くもなんともなくて、本当に強い男と勝負すれば、手もなく捻《ひね》られるほど弱い男で、それが口惜《くや》しくて虚勢を張っているだけの男なのである。

そういう風に考えるとやはり強い男の方が女性に好かれる。持てる。ゆえ、否《いや》が応《おう》でも、生の根源の部分において男は勝ち負けに拘泥せざるを得ないのである。

本書の語り手、弱い四回戦ボクサーで、目下連敗を続けている、「ぼく」のトレーナーであるウメキチはトレーニング中、

そんときは、ふうんとしかおもわなかった。あとで、おまえが女のこのフードになんらかの紙をいれたシーンをおもいだしたんだ、したらなんか……複雑な、いまでも整理ができてないいんだが、いわくいいがたい、きもち？　感情ともいいがたい、つめたいようなあついような？　温度ともいいがたい、胸のうちの、なんというか情動みたいなのがあって

すごく嫉妬《しっと》したんだ。ボクシングにむきあえてないのはおまえじゃない、おれだとわかった

勝手に自分とおなじだとおもってたおまえが軟派だったからさ、くるしかったよ。なんでだよ。よくわからん、けど、間違ってるのはおれだってすぐわかった

と告白する。代理のトレーナーであり現役のボクサーでもあるウメキチのこの苦しみは則《すなわ》ち弱くて勝てない男の苦しみであるが、これは、そのまま、ぼく、の苦しみでもある。

なぜならウメキチもぼくも同じように負け続けている敗者であるからである。

このときウメキチとぼくはボクシングの試合の敗者であると同時に現実に敗北した者である。つまり、ぼくもウメキチも、なんらかの理由によって、現実の勝ち負け、現実の試合を自ら放棄して、より抽象的な、虚構としての勝ち負けの世界に身を投じ、現実との繋《つな》がりを断った者なのである。

なんでそんなことをしたのか、というと、それは自分の拳《こぶし》に自信があったからで、「いろいろ複雑な現実では自分は負けるかも知れない。だけど、拳だけの純粋な世界では勝つことができる」と考えたからである。

そしてそれは、チャンピオンになって金を儲《もう》けて丘の上の豪邸に住む、みたいなことではなく、純粋に、勝ちたい、という動機による。

となるとこうした人が弱いのは当たり前の話で、なぜなら順番が逆になっているからで、真に勝つ人、真に強い人は、実は人に勝ちたい、などと思っていない。ではなにを思っているかというと、目の前にいる奴を殴り倒したい、としか思っておらない。

そして、そこには愛も憎しみも勝ちも負けもなく、もはや悟りに似た、純粋な力の行使があり、勝ち負けというのはその結果として事が終わってからそこにあるものに過ぎない。

つまり相手のことなどなにも考えていないのである。

しかるにぼくはどうか、というと、試合が決まれば、相手のことを研究する、というところまではよく、結果的に勝つ人ももちろんそれはやるだろうが、その相手、そいつを倒したい、と思う余り、「倒したい」という部分よりも「そいつ」という部分が大きくなっていって、その者の人格を創造し、細部を修正しながら、脳内になまなましく実在させるということをしてしまう。

なんてことはこれ、はっきり言って小説家の仕事でそんなことをしていて勝負に勝てる訳がない。

これがどれほど奇矯な行為であるか、というと例えば寿司屋《すしや》に行ってカウンターに座ってにぎり寿司を食しつつ、その鮓《すし》の味を味わうのではなくして、それを握る職人の表情や仕草からその人生に思いを馳《は》せるようなもので、目的を見失っているとしか言いようがない。

なぜそんなことをするかというと、あまりにも強大で自分ひとりで持ちきれず、零《こぼ》れ溢《あふ》れてしたたるような、繁茂して部屋を暗くし、ついには窓から部屋の中に侵入してきそうな樹木の如《ごと》くに、脳を覆《おお》い尽くす、「勝ちたい」という気持ちと、それと相反する、不確定な未来の、「負けるかも知れない」という要素、それを攘《はら》うべくする、過去の映像を見て研究する、という行為も、「勝ちたい」と「負けるかも」を増大させるばかりで、「勝てる」という確信を生むことはない、というどん詰まりのなかで、自らの脳内、迸《ほとばし》る思弁の奔流に身を投じるより他ないからである。

というのはまったくその通りで、ここにあるボクシングはすべて、ぼく、の脳内にいったん取り込まれた後のボクシングであり、思弁としてのボクシングである。それは現在と過去を往還しながらの果てしなく、苦しい自問自答であり、それから逃れるためには、他者の激しい拳によって脳をぶっ壊すしかない、ということになる。或《ある》いはボクシングを諦《あきら》めて、現実に復帰するしかないのだけれども、もはやそれは難しいくらいに追い詰まっている。

そしてまた、この小説に現れる全《すべ》てが自問自答と考えてよい。大学生の、友だち、はiPhoneでぼくを撮影し、iPhone内で編集をして映画を制作しようとしている。その友だち、の顔はぼくからは見えない。なぜならいつも顔の前にiPhoneを構えているからであるが、それはまるで自分で自分の姿を見ることができないことに似て、この撮影で、友だち、がする質問は突き詰めれば、まさに、「なぜ、おまえは勝ちたいのか」というぼくのぼくにたいする問いでもあるのである。

そんな問いが常に生まれるのはぼくの生に対する根本的な疑念があるからであるが、疑念と執着はいつも二人連れである。過去の敗北の記憶をぶっ壊さないと未来が目の前に生まれない。だけどそれをぶっ壊すと、それとひと繫がりになっている今もぶっ壊れる。そうすると渇仰《かつごう》する未来の勝利もない。だけど勝利するためには過去の記憶をぶっ壊す必要がある。

その矛盾から逃れ出るために何をするか。トレーニングという行動や減量という行為しかない。そしてその先にあるものは試合という破局である。

という単純な地獄が、ぼくにとってのボクシングであり、ぼくにとってのすべてである。

しかしこれは単純化されているが実は私たちが生きる優勝劣敗の現実とあまり変わらない。

私たちは、それを、やさしさ、や、ぬくもり、と云った類《たぐい》の口あたり耳ざわりのよい言葉でアヤフヤにして、敗北と向き合わないようにしているだけである。

だがここ、というのはつまり、常にヘッドギアなしで拳の衝撃を受け続けているぼくの脳内の世界、には思考と行動だけがあって言葉がない。

町屋良平はそれを言葉で描ききった。

常に現実に殴られ、中断し、ふらつき、しかし左右に揺れながら、前へ前へ出ていく文章は、ぼこぼこにされて尚《なお》、相手に向かっていくボクサーの姿そのものである。

俺はこれは恐ろしい小説だと思った。

（令和三年十月、作家）

この作品は二〇一九年一月新潮社から刊行された。

筒井康隆著

富豪刑事

キャデラックを乗り廻し、最高のハバナの葉巻をくわえた富豪刑事こと、神戸大助が難事件を解決してゆく。金を湯水のように使って。

筒井康隆著

エロチック街道

裸の美女の案内で、奇妙な洞窟の温泉を滑り落ちる……エロチックな夢を映し出す表題作ほか、「ジャズ大名」など変幻自在の全18編。

筒井康隆著

旅のラゴス

集団転移、壁抜けなど不思議な体験を繰り返し、二度も奴隷の身に落とされながら、生涯をかけて旅を続ける男・ラゴスの目的は何か？

筒井康隆著

世界はゴ冗談

異常事態の連続を描く表題作、午後四時半を征伐に向かった男が国家プロジェクトに巻き込まれる「奔馬菌」等、狂気が疾走する10編。

筒井康隆著

ロートレック荘事件

郊外の瀟洒な洋館で次々に美女が殺される！史上初のトリックで読者を迷宮へ誘う。二度読んで納得、前人未到のメタ・ミステリー。

筒井康隆著

エディプスの恋人

ある日、少年の頭上でボールが割れた。強い〝意志〟の力に守られた少年の謎を探るうち、テレパス七瀬は、いつしか少年を愛していた。

中村文則著
土の中の子供
芥川賞受賞

親から捨てられ、殴る蹴るの暴行を受け続けた少年。彼の脳裏には土に埋められた記憶が焼き付いていた。新世代の芥川賞受賞作！

中村文則著
遮光
野間文芸新人賞受賞

黒ビニールに包まれた謎の瓶。私は「恋人」と片時も離れたくはなかった。純愛か、狂気か？　芥川賞・大江賞受賞作家の衝撃の物語。

中村文則著
悪意の手記

いつまでもこの腕に絡みつく人を殺した感触。人はなぜ人を殺してはいけないのか。若き芥川賞・大江賞受賞作家が挑む衝撃の問題作。

中村文則著
迷宮

密室状態の家で両親と兄が殺され、小学生の少女だけが生き残った。迷宮入りした事件の狂気に搦め取られる人間を描く衝撃の長編。

津村記久子著
とにかくうちに帰ります

うちに帰りたい。切ないぐらいに、恋をするように。豪雨による帰宅困難者の心模様を描く表題作ほか、日々の共感にあふれた全六編。

津村記久子著
この世にたやすい仕事はない
芸術選奨新人賞受賞

前職で燃え尽きたわたしが見た、心震わすニッチでマニアックな仕事たち。すべての働く人の今を励ます、笑えて泣けるお仕事小説。

藤野可織著　**爪と目**　芥川賞受賞

ずっと見ていたの——三歳児の「わたし」が、父、喪った母、父の再婚相手をとりまく不穏な関係を語り、読み手を戦慄させる恐怖作。

江國香織著　**きらきらひかる**

二人は全てを許し合って結婚した、筈だった……。妻はアル中、夫はホモ。セックスレスの奇妙な新婚夫婦を軸に描く、素敵な愛の物語。

綿矢りさ著　**ひらいて**

華やかな女子高生が、哀しい眼をした地味な男子に恋をした。でも彼には恋人がいた。傷つけて傷ついて、身勝手なはじめての恋。

綿矢りさ著　**手のひらの京《みやこ》**

京都に生まれ育った奥沢家の三姉妹が経験する、恋と旅立ち。祇園祭、大文字焼き、嵐山の雪——古都を舞台に描かれる愛おしい物語。

平野啓一郎著　**葬送**　第一部（上・下）

ロマン主義全盛十九世紀中葉のパリ社交界を舞台に繰り広げられる愛憎劇。ドラクロワとショパンの交流を軸に芸術の時代を描く巨編。

平野啓一郎著　**日蝕・一月物語**　芥川賞受賞

崩れゆく中世世界を貫く異界の光。著者23歳の衝撃処女作と、青年詩人と運命の女の聖悲劇。文学の新時代を拓いた2編を一冊に！

新潮文庫最新刊

大塚已愛著
鬼憑き十兵衛
日本ファンタジーノベル大賞受賞
父の仇を討つ――。復讐に燃える少年と僧形の鬼、そして謎の少女の道行きはいかに。満場一致で受賞が決まった新時代の伝奇活劇！

町屋良平著
1R1分34秒
芥川賞受賞
敗戦続きのぽんこつボクサーが自分を見失いかけるも、ウメキチとの出会いで変わっていく。若者の葛藤と成長を描く圧巻の青春小説。

田中兆子著
徴産制
センス・オブ・ジェンダー賞大賞受賞
疫病で女性が激減した近未来。国家は18歳から30歳の男性に性転換を課し、出産を奨励した――。男女の壁を打ち破る挑戦的作品！

櫻井よしこ著
問答無用
一帯一路、RCEP、AIIB、中国の野望に米中の対立は激化。米国は日本にも圧力をかけてくる。日本のとるべき道は、ただ一つ。

野地秩嘉著
トヨタ物語
ジャスト・イン・タイム、アンドン、かんばん方式――。世界が知りたがるトヨタ生産方式とは何か。最深部に迫るノンフィクション。

原田マハ著
常設展示室
―Permanent Collection―
ピカソ、フェルメール、ラファエロ、ゴッホ、マティス、東山魁夷。実在する6枚の名画が人々を優しく照らす瞬間を描いた傑作短編集。

1R《ラウンド》1分《ぷん》34秒《びょう》

新潮文庫　ま－63－1

令和三年十二月一日発行

著者　町《まち》屋《や》良《りょう》平《へい》

発行者　佐藤隆信

発行所　株式会社 新潮社

郵便番号　一六二―八七一一
東京都新宿区矢来町七一
電話　編集部(〇三)三二六六―五四四〇
　　　読者係(〇三)三二六六―五一一一
https://www.shinchosha.co.jp

価格はカバーに表示してあります。

乱丁・落丁本は、ご面倒ですが小社読者係宛ご送付ください。送料小社負担にてお取替えいたします。

印刷・大日本印刷株式会社　製本・加藤製本株式会社

ISBN978-4-10-103441-6 C0193